문학과지성 시인선 492

못다 한 사랑이
너무 많아서

황인숙 시집

문학과지성사

문학과지성사에서 펴낸 황인숙의 시집

새는 하늘을 자유롭게 풀어놓고(1988)
슬픔이 나를 깨운다(1990)
우리는 철새처럼 만났다(1994)
나의 침울한, 소중한 이여(1998)
자명한 산책(2003)
리스본행 야간열차(2007)
내 삶의 예쁜 종아리(2022)

문학과지성 시인선 492
못다 한 사랑이 너무 많아서

초판 1쇄 발행 2016년 11월 15일
초판 7쇄 발행 2023년 3월 15일

지 은 이 황인숙
펴 낸 이 이광호
펴 낸 곳 ㈜문학과지성사

등록번호 제1993-000098호
주   소 04034 서울 마포구 잔다리로7길 18(서교동 377-20)
전   화 02)338-7224
팩   스 02)323-4180(편집) 02)338-7221(영업)
전자우편 moonji@moonji.com
홈페이지 www.moonji.com

ⓒ 황인숙, 2016. Printed in Seoul, Korea

ISBN 978-89-320-2926-9 03810

문학과지성 시인선 492

못다 한 사랑이 너무 많아서

황인숙

시인의 말

매사 내가 고마운 줄 모르고 미안한 줄 모르며
살아왔나 보다. 언제부턴가 고맙다는 말,
미안하다는 말을 입에 달고 산다. 그렇게 됐다.
인생 총량의 법칙?
그렇다면 앞으로는 시를 끝내주게 쓰는 날이 남은 거지!

2016년 가을
황인숙

못다 한 사랑이 너무 많아서

차례

시인의 말

그림자에 깃들어

이방인들을 보면
왠지 슬프다
한 아낙이 오뎅꼬치를 문 금발 어린애들을 앞세워
지나가고
키 작은 서양 할아버지가 지나가고
회색 양복 서남아 청년이 지나간다
먼먼 땅에 와서 산다는 것
노인과 어린애
어느 쪽이 더 슬플까

슬픈 건 내 마음
고양이를 봐도 슬프고 비둘기를 봐도 슬프다
가게들도 슬프고 학교도 슬프다
나는 슬픈 마음을 짓뭉개려 걸음을 빨리한다
쿵쿵 걷는다
가로수와 담벼락 그늘 아래로만 걷다가
그늘이 끊어지면
내 그림자를 내려다보며 걷는다
그림자도 슬프다

우울

나는 지금
알 수 없는 영역에 있다
깍지 낀 두 손을 턱 밑에 괴고

짐짓 눈을 치켜떠보고
가늘게도 떠보고
끔벅끔벅, 골똘해보지만
도무지
부팅이 되지 않는다

풍경이 없다
소리도 없다

전혀 틈이 없는
알 수 없는 영역을
내 몸이 부풀며 채운다

알 수 없는 영역에

하염없이 뚱뚱한 나
덩그러니 붙박여 있다

달아 달아 밝은 달아

어디선가 옮겨 적은 메모 쪽지를 들여다본다

　　달은 세상의 우울한 간(肝)이다
　　　　　　　　　　　── 람프리아스

그래서인가, 간 속에 달이 있네
중국인들은 대단해!

달은 세상의 우울한 간이고,
간은 달에 우울히 연루돼 있고……
뭐야? 마주 서 한없이 되비추는 거울처럼

그러고 보니 폐(肺)에도 달이 있고
장(腸)에도 달이 있네
쓸개[膽]에도 달이 있고
몸뚱이 도처가 달이로구나!

간이, 부풀어, 오른다, 찌뿌둥,

달처럼, 우울하게,

달아, 사실은 너,
우울한 간 아니지?
이태백이 놀던 달아!

마음의 황지

아침신문에서
느닷없이 마주친
얼굴,
영원히 젊은 그 얼굴을 보며
끄덕끄덕끄덕끄덕끄덕끄덕
칼로 베인 듯 쓰라린 마음

오래전 죽은 친구를 본 순간
기껏
졌다, 내가 졌다,
졌다는 생각 벼락처럼

그에겐 주어지지 않고 내게는 주어진 시간
졌다, 이토록 내가 비루해졌다

졌다, 시간에
나는 졌다

반짝반짝 작은 별

이륙이 시작됐다
우움~우움~마!
우움~우움~마!
아기들의 울음소리와 함께

'엄마' 소리도 제대로 못 내는
어린 여행자들이
이 땅을 뜨는구나
가슴 아픈 일들이
벌써 너무 많은 아기들
분홍빛 인식표가 묶인 팔뚝을 휘저으며
악을 쓰고 울어댄다

어머니가 가르쳐준 노래가
울음뿐인 아기들

갱년기

이번 역은 6호선으로 갈아탈 수 있는
삼각지역입니다
삼각지역입니다
내리실 분은 오른쪽으로
우르르 달려온다
열리는 출입문을 향해
사람들이 통로를 필사적으로 달려온다
다시는 오지 않을 열차라도 되는 양
놓치면 큰일이라도 나는 양
이런, 이런,
그들을 살짝 피해
나는 건들건들 걷는다
건들건들 걷는데
6호선 승차장 가까이서
열차 들어오는 소리
어느새 내가 달리고 있다
누구 못잖게 서둘러 달리고 있다
이런, 이런,

이런, 이런,
건들거리던 내 마음
이렇듯 초조하다니

놓쳐버리자, 저 열차!

루실

그녀는 내 언니의
더 언니인 미국인 친구
창문들 쓸쓸한 마을 외곽
묘지 건너에 산다
전에는 없었던 그녀의 새 남편이
나보다 더 수줍어하며
작은 흔들의자에 앉아 있다

아주 젊은 날부터 한 번도
둘 이상 일거리를 놓은 적 없던 그녀
이제는 아무 일도 하지 않는다

그녀는 내게 작은 상자를 건넸다
은빛 귀고리 한 쌍과 목걸이가 들어 있다
전에 그녀가 준 파란색 아이섀도는
아마도 아직 내 서랍에 있지
그녀는 내가 건넨 초콜릿 상자를 만지작거리다
살그머니 탁자에 내려놓고

부엌에 가 브라우니를 가져왔다
그녀가 직접 구운 브라우니는
포슬포슬한 진흙 맛이 났다
그녀도 그녀 남편도
당뇨가 있다고

창문 쓸쓸한
묘지 건너 작은 집
그녀가 성큼성큼 오르내리던,
2층 침실로 가는 계단 밑에서
나는 그녀를 끌어안았다
전에 그녀는 기골 장대한 여인이었다
루실, 20년 만에 본
그녀는 내 언니의 미국인 친구
다음에 또 보자는 내 인사에
그녀는 아무 말도 하지 않았다

루실······

겨울밤

변두리, 라지만 종점이 한참 남은 지하철역
7번, 8번, 9번 출입구 방향 지하도에서
강아지, 노란 강아지가
멍멍 짖고 있다
타일 벽 아래서 한 아주머니가
담요로 둘둘 싼 등짝을 보이고
쪼그려 앉아 느릿느릿 짐을 꾸리고 있다
강아지는 아주머니 주위를 뱅뱅 돌면서
까딱까딱 꼬리 치며 짖는다
추리닝 장수도 도넛 파는 아가씨도 안 보이고
세밑의 늦은 밤
행인은 나 하나
온종일 아주머니 곁을 지켰을 강아지가
열심히 짖고 있다
아주머니 등짝보다 커다란 상자에
맨 나중에 담길
태엽 달린 노란 강아지

8번 출입구
으스름 계단을 다 올라가서
나는 아주 잠깐 걸음을 멈추고
아주 잠깐 고개를 돌렸다
팝송에 맞춰 신나게 몸을 흔드는 얼룩 호랑이나
크리스마스 캐럴 부르는 흰 염소도 없이
뱅글뱅글 돌면서 멍멍 짖을 뿐인 노란 강아지

길고양이 밥 주기

언제까지……
언제까지!
내가 쓰러질 때까지?
그 뒤에는?
고양이들은 계속 슬픈 새끼를 치고
내 뒤에는
아무도 없다
(옆에도 없다, 앞에도 없다)

아무도 없어도 될 그날까지
고양이들아, 너희 핏줄 속 명랑함을 잃지 말렴!

사실 나는 낙천주의자
폭삭 지친 내게
고양이밥을 놓지 말라고 목청 높이던 젊은 엄마가
조르르 고양이 밥그릇을 찾아 들고 와
길바닥에 패대기치는 어린 아들을
나 보기 부끄러워하며 살짝 야단칠 때

그 '살짝'에 한낱 희망을 심어보누나
아, 그 탐스런 작은 손으로
고양이한테 밥을 줘봤으면!

길고양이를 집에 들이는 게
죽음의 문턱에서 데려오는 일이
더 이상 아니게 될 그날까지

따끈따끈 지끈지끈

나, 나나, 나, 나나, 나, 나나, 나
사과가 썩어간다
사과들이 썩어간다
식탁 위에 썩은 사과와 썩어가는 사과들
하나는 경지에 이르러
고무공처럼 부풀었다
바닥에 던지면 탕!
튀어 오르는 대신 탁!
터져버릴 지경
그 사과는 이미 냉랭해졌다
나, 나나, 나, 나나, 나, 나나, 나
두근두근, 조곤조곤
사과가 썩어간다
사과 일곱 개를 한 자리에서 먹어치우기도 하는
난데
이 사과들을 왜 썩혔나
사과를 먹을 기운도, 기분도 없었달밖에
열흘, 보름, 사과는 기다렸을 터

더 이상 기다릴 거 없다고 생각한 순간

썩기 시작했을 터

더 이상 떨어질 데가 없다고

생각된 그 순간

내가 열이 나고 병이 난 것처럼

나, 나나, 나, 나나, 나, 나나, 나

신나게 썩어간다 부단히 썩어간다 따끈따끈 썩어

간다

나날이 속수무책

썩은 사과 한 무더기

썩어도 사과, 시 한 편하고라도 바꿔야지

나, 나나, 나, 나나, 나, 나나, 나

떨어진 그 자리에

여기 있었구나!
한참 찾아도 보이지 않더니
떨어진 그 자리에 있었구나
데굴데굴 굴러갔을 경로를 따라
요리조리 머리를 굴렸었는데
화장수 뚜껑
떨어진 그 자리에 있었다
얼른 집으려다
그대로 두고 가만히 본다
지난가을 늦은 밤
후암동 종점에서 본 노란 고양이
문 닫힌 가게 앞에
가만히 엎드려 있었지
몸집 커다랗고 온순한 고양이였지
풀 죽은 얼굴을 가만히 들고
하염없이 찻길을 지켜보았지
누군가 차를 몰고 지나가다
그 자리에 떨어뜨리고

쌩하니 가버렸나 봐
나는 몹시 지쳐 있었어
한 아가씨가 가엾어하며
고양이 머리통을 쓰다듬는 걸 보고
집으로 와버렸지
무거운 발걸음으로
그리고 곤두박질치듯 잠이 들고
퍼뜩 깨니 동이 트고 있었어
가책에 싸여 달려갔을 때
고양이는 없었어
고양이 밥 한 움큼만
내가 놔둔 그대로 남아 있었지
언제까지라도
떨어진 그 자리를 지킬 고양이였는데
어떤 모진 발길이 쫓아버렸을까
부디 그 아가씨가 데려간 것이기를!
아, 나도 떨어뜨려버린
그 고양이

장마에 들다

변기 뚜껑을 내리고 걸터앉아
이를 닦는데
찰싹,
한 방울 물이 팔오금에 떨어져 부서진다
좌심방인지 우심실인지가 찌릿하다
천장이 새누나, 드디어 첫 한 방울
버텨낼 수 있었던 마지막 한 방울을
막 넘긴 천장에 대해 묵념하는데
투둑,
두번째 한 방울이 묵직하게 떨어져
머리카락을 적시며 귓가로 흘러내린다
어제부터 내린 비
사방에 거침없이 빗소리
물 샐 틈 없이 공격하누나
물 샐 틈 없이?
피식 웃으며 허리를 구부리는 순간
등짝을 가격하는 세번째 한 방울

더 이상 버틸 재간이 없어
손 뻗을 데를 찾아 눈이 뱅뱅 돌아가는데
사방이 파탄이다
네번째 다섯번째 여섯번째
빗물이 후드득 툭툭 떨어진다
화장실이라서 다행이야

화장실 문을 열고 나가기가
돌연 두렵다
라디오도 컴퓨터도 전화기도
내 고양이들도 흥건히 젖고 있을 것 같아

벌떡 일어나 거울 앞에 서서
맹렬히 칫솔질을 한다
하이얀 치약 거품 입에 물고
눈을 부릅떠본다

세월의 바다

낙산사 홍련암 마룻바닥
바다가 내려다보이던 구멍
불에 타 사라져버린
그 구멍이 종종 생각난다
홍련암 잿더미와 함께
바다로 낙하한 구멍
금물결 은물결로 반짝인다
기억의 수평선 저 너머에서
"닥터스 미스!
닥터스 미스!"
미국 드라마 「우주가족」의
말썽꾼 닥터 스미스를 찾아 외치는 소리가
금물결 은물결로 들려온다
주인공도
숱한 에피소드도 먼지처럼 다 가라앉고
구멍들만
금물결 은물결로

슬픈 家長

엄지 검지 중지
세 손가락 세워 보이며
울 듯한 얼굴을 하곤 했다고
가슴 미어지게 슬픈데
브레인 캔서 때문에
눈물도 못 흘리던 형부
마지막까지 손가락 세 개
아내와 두 아들 걱정

일찌감치 자식 두고 일찌감치 은퇴해
유유자적 지내는 동창이 부러워
자기도 하루 빨리 은퇴하고
낚시나 다닐 궁리를 했었는데
병으로 퇴직한 뒤
온갖 신문 뒤적거리며
먼 지방 구인 광고까지 오려놓았다고

칠월의 또 하루

싸악, 싸악, 싸악, 싹싹싹
자루 긴 빗자루로
자동차 밑 한 움큼 고양이밥을
하수구에 쓸어버린다
"내가 밥 주지 말라꼬 벌써 몇 번이나 말했나?"
동네 부녀회장이라는 이의 서슬이
땡볕 아래 퍼렇다
나는 그저 진땀 된땀 식은땀을 쏟을 뿐
찍소리 못 하고 선 내게
그이는 빗자루를 땅바닥에 탈탈 털며
눅인 목소리로 말한다
"누구는 고양이 멕인다고 일부러 사다 놓는 밥을
이리 내삐리는 마음은 좋은 줄 아나?
사람 좀 그만 괴롭혀라, 사람이 먼저 살고 봐야지!"
새끼고양이 두 마리와 함께 어미고양이
멀리도 달아나지 않고
옆 자동차 밑에서 숨죽이고 있다
내가 어떻게든 해줄 것을 믿는 듯

흠뻑 젖은 셔츠 아래서
위가 뜨끔거린다
당신은 내게 제정신이 아니라지만
당신도 좀 그렇다

영원히는 지키지 못할 그 약속

어제도 그제도 오셨으니
내일도 오실 거죠?
모레도 글피도,
언제까지라도 오실 거죠?

네 부드러운 레몬빛
눈 속에서 아른거리는 딱정벌레
가냘픈 기대

아니야, 아니!
영원히는 지키지 못할 그 눈빛
네 연한 레몬빛
내 머릿속에 시리게 쏟아지네

차라리 얼른 저버릴까
영원히는 지키지 못할 그 약속
가슴 저미네
영원히는 뛰지 못할 내 가슴

묽어지는 나

이상하다
거품이 일지 않는다

어제는 팔팔했는데
괜히 기진맥진한 오늘의 나
거품이, 거품이 일지 않는다

쓰지 않아도 저절로
소진돼버리는
생의 비누의 거품

걸음의 패턴

줄창 쏟아지던 비가 걷히고
햇빛 난다
습한 대기 속에서
배를 맞댄 두 그루 나무
한 몸으로 어우러져 가지를 뻗었다
(아니, 엑스 자로 벌어진 두 다리를
다소곳이 모은 한 그루 나무일까?)
그 옆을 사람이 지나간다
서로 조금 떨어진 두 사람
어디서 오는 걸까
어디로 가는 걸까
땅 위에 창창 사람의 걸음
공중엔 울울 나무의 걸음
벌판 가득 발걸음들

아현동 가구거리에서

젖은 백발처럼 폭양을 뒤집어쓰고
폭삭 지쳐
망연자실 멈춰 서 있을 때
스스스 내 몸에
배어드는 듯, 배어나는 듯
한 켜의 내가 겹쳐진다
20년 전에도 이랬었지
자욱한 매연 와그락따그락 소음
이 거리에서 이렇게
방전되고 있었지

그때 나 아직 젊었을 적에
젊은 줄 모르고 젊었지
그때는 아무도 내게
젊다고 말해주지 않았으면서
지금은 늙었다고
가르쳐주지 않는 사람이 없네

저 구름 흘러가는 곳

영혼은 없거나,
혹은 있더라도
아무 힘이 없어
그러니까 그런 거지
엄마도 죽고 아빠도 죽은
고아들이
고달프고 고독하게
살다가 죽기 일쑤인 거지
없어,
없어,
없어,
죽은 다음에 영혼은

커다란 여름 아래서

발끝에 힘을 주고
뒤꿈치를 한껏 듭시다
배에 힘을 주고
목을 있는 껏 빼고
고개를 쳐듭시다
두 팔을 활짝 벌립시다
행복한 마음 치벋으리
기포처럼 솟구쳐 오르리
공중에 너털웃음처럼 초록 양막(羊膜) 터뜨리는
나는 세계의 원기
왕성한 한 축

황색 시간

문득 고요히
빛과 어둠이 멈추는
황색 시간
문득 텅 빈
산길 아래 집들과 골목
행인 두엇도
말쑥한 그림자처럼

막 저무는 날이 흔들어 깨운 듯
풍경이 선명히 돋아나네
내 마음 기지개를 켜네
까마득 먼 데서 돌아왔다네
내 마음 일렁이네
아, 이제

생계가 나를 부산스럽게 만들지라도
그래서 슬퍼하거나 노하더라도
호시탐탐
석양에 신경 좀 쓰고 살으리랏다

또, 가을

온다, 온다, 오리라
이 순간 공포는 질겨라
어제까지도 여름이었는데
선득, 돌변한 바람에
삐걱
황량한 영원이 열리고
영혼은 닫힌다
맹렬하게, 달아나지도 못하고
몸서리치는 몸뚱이
전신 살갗이 곤두서고
발가벗겨진 뼈들이
영원의 폐허에 던져진다
아, 영원 속에서
영원히 익숙해지지 않는
이 소름 질겨라

눅눅한 날의 일기

문밖으로 빼꼼 고개를 내밀고 둘러본 뒤
속옷 바람으로 총총 계단 네 개를 내려가
신문을 집어왔네
눅눅한 뉴스를 전하는
오후의 조간신문

멀리 가까이 눅눅한 뉴스들
늘 쾌청, 인심 후한 내 어르신친구도
증권이 반 토막 나 상심해 계시고
다른 친구들의 이런저런 불행도 해결책은 결국 돈!

답답해서 유리창을 열러 가니
이미 열려 있네
간유리처럼 뿌연 하늘
또 비가 오려나 보네
모두들 눅눅한 소금인형

신문의 오늘 운세란을 보니 문서 운이 있다는데

이리저리 생각해봐도 가진 문서라고는 로또뿐
상상만 해도 뽀송뽀송해지네
구명조끼를 입은 소금인형처럼

삶의 궤도 1

스커트는 짧아도, 나풀거려도 안 된다네
통 좁은 바지도 안 된다네
색깔은 어두워야지
검정이면 더 좋고
(나, 왜 이렇게 옷이 많은 거야?)
구두는 점잖은 색으로, 하지만
굽이 납작하면 절대 안 되지
키 작은 구두는 신고 있기 싫으니까
(구두도 많군)
반짝거려도 번들거려도 화사해도 안 되지
초라해도 안 좋지
그리고 편해야 한다네
(얼마나 오래 있으려고?)
심사숙고 차려입고 집을 나서네
산 자의 산더미 같은 짐을 미뤄놓고
(나, 왜 이렇게 할 일이 많은 거야?)
문상하러 간다네

어스름 깔린 미8군 담벼락을 따라
산 자들 마주 걸어오네
어디들 다녀오시나
흐트러진 가랑잎 짓이겨진 은행 열매 즈려밟으며
종점 동네 사람들 터벅터벅 돌아오네
저걸 번쩍번쩍이라 할까 깜박깜박이라 할까
푸른빛 나는 불봉 쥔 손 늘어뜨리고
의무경찰 청년이 지나쳐가네
이 길 끝에서 끝으로 왔다 갔다 하는 게
그 사람의 의무일래라
담벼락 안쪽엔 보안등
바깥엔 가로등
착실히 켜져 그림자를 돋우네
오늘은 일요일
문상 간다네

삶의 궤도 2

일요일 어둑저녁인데
시내버스가 만원이네요
문간에 나란히 선 중년 남녀
준비성도 많으시지
우산을 하나씩 꽂은
빨강 배낭 파랑 배낭 메고 있네요
공기가 눅눅한 게
하시라도 비가 올 것 같지만
나는 우산 없이 집을 나섰는데요
비가 와도 후회하지 않으리
저들도 후회하지 않으리
괜한 우산 온종일 짊어지고 다녔다고
"응, 동대문역에서? 그래, 잘했어.
지하철이 편해. 길이 많이 막히네."
휴대폰을 접으며 빨강 배낭 여인
풍경이 바뀌지 않는 차창 밖을
시무룩이 내다보네요

아, 에, 그러니까 당신들은
매주 등산을 가십니까?
꼬박꼬박?
(아아, 악몽이네. 이크, 악몽은 아닙니다!)
아, 에, 그렇다면 등산은
당신들의 일탈이 아니라 일상이군요
일상적 욕망이군요
맨 처음 등산을 결심할 때처럼
문득 그만둘 생각은 없으십니까?
아, 에, 등산을 안 하는 것은
내 일상입니다
등산을 안 하는 것 역시 삶에
아무런 변화도 주지 않습니다만
그렇습니다만, 어쩌실 겁니까?
이제 일요일도 다 지나가는데
매주 이맘때마다
지친 다리 쉴 자리도 없는
이 버스를 타시렵니까?

하다못해 당신 옆 사람을
한번쯤 따돌릴 생각은 없으십니까?
아, 에, 언제까지라도
둘이 함께 언제까지라도
아, 에, 뭉클한 꿈이로군요……
꿈에 관심 있으십니까?
사실 나는
꿈에 관심 없습니다만. 아, 예……
앗, 안녕히 내려가세요!
그럼, 안녕
내내 안녕히

삶의 궤도 3

단풍잎 지는 숲길을
나도 모르게 한숨
들이쉬고 내쉬며 걸은 적 있어요
넓고 넓은 코엑스 지하에서
친구를 세워둔 채
인파 헤치며 종종걸음 치기도 했죠
"어디 갔다 왔니?"
묻는 친구에게 V라도 그려 보이고 싶었던 그 기
쁨!
어쩌다 낯선 아파트 단지에 떨어졌을 땐
미친 듯 헤매다
로또 파는 곳 하나 없는 망할 놈의 동네!
저주하기도 했죠
이 모두가 토요일 오후 8시를 앞둔
시곗바늘 옆에서 있었던 일
그래요, 나는
로또 사는 여인네
한 주라도 로또를 사지 않으면

입에 가시가 돋는다오
로또는 나의 꿈
로또는 나의 도락
내 로또 사랑, 변치 않으리

아, 그러나
동생 서랍 속 잡동사니 틈에 로또 한 장
나는 무얼 찾으려 했는지도 잊어버리고 흠칫,
묵직한 서랍을 닫았어요
그래요, 로또는 아주 사소한 거죠
무심히, 가볍게 살 수도 있는 거죠
하지만 내 동생,
한 회사의 20년 넘는 장기 근속자
나랑은 달라요
학교 다닐 땐 개근생이었죠
바람 한 번 안 피고 (아마도)
헛꿈 안 꾸고, 헛짓은 절대 안 해왔죠 (아마도)
동생 서랍 속의 로또 한 장

집으로 돌아오는 길 내내
왠지 참 착잡하네요
그래요, 내 동생이라고 뭐,
농담도 못 하겠어요?

소녀시대

남영동 삼거리
셔터 내려진 성인나이트클럽 〈한국관〉 앞을 지날 때
어디서 홀연히 혀짤배기소리
"전, 고기, 먹고, 싶어요!"
돌아보니 교복 스커트 깡총하게 입은 중학생 소녀
걸음조차 멈추고 휴대폰으로
어설픈 교태 송출 중이다
어우야!
그 빙퉁그러진 소녀를 나는 기껏 외면이나 하고
(안 그러면?)
햇빛 찬란한 거리를 이동한다
반짝이는 눈망울의 아름답지 않은 소녀야
어디로 가느냐, 들려주지 않았으면 좋았을 것을
마카롱처럼 뽀얗던 소녀
덜컥덜컥 버퍼링 되는 남영동 거리

걱정 많은 날

옥상에 벌렁 누웠다
구름 한 점 없다
아니, 하늘 전체가 구름이다
잿빛 뿌연 하늘이지만
나 혼자 독차지
좋아라!
하늘과 나뿐이다
옥상 바닥에 좌악 등짝을 펴고 누우니
아무 걱정 없다
오직 하늘뿐
살랑살랑 바람이
머리카락에도 불어오고
발바닥에도 불어오고
옆구리에도 불어온다
내 몸은 둥실 떠오른다
아, 좋다!
둥실, 두둥실

몽롱한 홍수

흘러라, 눈물이여
비야, 쏟아져라
어제도 그제도 그끄제도
그리고 오늘도
줄창 비가 오고
걷잡을 수 없이 눈물 흘러
모든 것 물에 잠겼네
모든 것 몽롱하고 영롱해졌네
물 위에 모닥불 지피고
빨랫줄 한가득 빨래를 너네
이제 머리를 감은 뒤
귀 막고 음악을 들을 테야
젖은 확성기가 속삭이는
내 머릿속 이상한 음악을

깊은 물속 저 아래
땅에 사는 땅돼지
이따금 첩첩첩
옛 세상 안부 전하네

못다 한 사랑이 너무 많아서

하얗게
텅
하얗게
텅
눈이 시리게
심장이 시리게
하얗게

텅
네 밥그릇처럼 내 머릿속
텅

아, 잔인한, 돌이킬 수 없는 하양!
외로운 하양, 고통스런 하양,
불가항력의 하양을 들여다보며

미안하고, 미안하고,
그립고 또 그립고

일출

동트는 하늘 붉은 구름들
가슴 뭉클하네
바다의 비늘 붉게 반짝이고
그 아래 물고기들도
붉게 깨어나리

우리 아직 눈꺼풀 생기기 전
온몸으로 받아들이던
온몸에 드나들던
붉음
태초의 붉음
꿈틀꿈틀
움트네
위로의 노래는 슬프다지만
이 붉음
엄마의 붉음
벌어진 상처 아물게 할,
미리 위로하는 붉음

고요히 두근거리며
새날을 꿈꾸게 하네

송년회

칠순 여인네가 환갑내기 여인네한테 말했다지
"환갑이면 뭘 입어도 예쁠 때야!"
그 얘기를 들려주며 들으며
오십대 우리들 깔깔 웃었다

나는 왜 항상
늙은 기분으로 살았을까
마흔에도 그랬고 서른에도 그랬다
그게 내가 살아본
가장 많은 나이라서

지금은, 내가 살아갈
가장 적은 나이
이런 생각, 노년의 몰약 아님
간명한 이치

내 척추는 아주 곧고
생각 또한 그렇다 (아마도)

앞으로!

앞으로!

앞으로, 앞으로!

철 지난 바닷가

나도 일요일을 사랑했었죠
바캉스를
아주아주 사랑했었죠
당신 나이에는 그랬더랬죠
그런데 이제
휴일이 별나지도
대수롭지도 않아요
이제 조용한 바다가 좋아요
사방에서 날아온 나뭇잎들이
좌충우돌하다 매미 떼를 따라 휩쓸려 갈
태풍 지난 뒤에나 바다에 가보겠어요
일요일들과 바캉스들을 가라앉힌
바닷가를 찰방찰방 거닐어보겠어요
발가락 새로 바닷물과 모래가 들락거리겠죠
하늘에선 햇빛이 들락거렸으면 좋겠어요
흰 구름 뭉게뭉게 피어올랐으면 좋겠어요
구름의 반그림자 속에서
당신과 만날 수도 있겠죠

숙자 이야기 1

한 해 마지막 날
마지막 시간
지하철 4호선 혜화역
삼삼오오 모인 청소년들 떠들썩한 플랫폼
나는 우두커니
전 역에도 전전 역에도 열차 보이지 않는
디지털 안내판을 향해
고개를 치켜들고 서 있었다
지하에서도 착실히
해가 바뀌었다

회현역에서 내린 사람은 나뿐인 듯
정지된 에스컬레이터를 일별한 뒤
장애인과 노약자를 위한 엘리베이터를 탔다
개찰구를 나와
지상으로 가는 마지막 계단을 오르면서
두 사람을 지나쳤다
지하상가 셔터 내려진 층계참

두 사람은 제가끔 한 벽에 붙어
누워 있었다
그중 한 사람은 바닥에만 박스를 깐 채
위에는 머리끝까지 끌어올려 덮은
검정 외투 한 장이 다였다

주무십니까?
주무셔야 합니다
당신들은
자는 사람이잖아요
그렇다잖아요
부디

포장마차들도 일찌감치 들어간 남대문시장
축축한 포장처럼 드리워진 새해 어둠을
새해 보안등이 으슬으슬 밝히고 있었다

* 제목 '숙자 이야기'는 격월간 동시 전문지 『동시마중』에 평론가 김이구가 연재했던 에세이의 한 제목에서 빌려옴.

숙자 이야기 2

그는 자고 있다
언제나 자고 있다
어디서나 자고 있다
세상모르는 어린애들은
길에서 자는 어른이 신기해서
눈을 떼지 못한다
누군들 남에게
더욱이 모르는 사람들에게
자는 모습을 보이고 싶을까
자기 집 안에서도
단단히 문을 잠그고서야
우리는 잔다
하지만 문은커녕
벽 한 장 없는 사람
무섭고 화가 나서
슬프고 피곤해서
그는 질끈 눈을 감았을 것이다
한껏 딴딴하게 웅크린 등짝으로

산(酸)이슬 시선들을 막으면서

그는 자고 있다
언제나 자고 있다
어디서나 자고 있다
고요하게 거룩하게

중력의 햇살

이제 그만 아파도 될까
그만 두려워도 될까
눈물 흘린 만큼만 웃어봐도 될까*
(양달 그리운 시간)

삶이란 원래
슬픔과 고뇌로 가득 찬 거야
그걸 알아챈 이후와 이전이 있을 뿐
(양달 그리운 시간)

우리 모두 얼마나
연약하고 슬픈 존재인가
(양달 그리운 시간)

한겨울에 버려진 고양이에
그 고양이를 품어 안고
저희 사는 모자원에 숨어드는 어린 남매에
그리고 타블로 氏에

콩닥콩닥 뛰는
모든 가슴에

따뜻하고 노란 햇빛
졸졸졸 쏟아져라
조리개로 살뜰하게 뿌리듯
중력의 햇살 나려라

* 타블로의 노래 「고마운 숨」에서.

고양이가 있는 풍경 사진

1

철망 밖 풍경이려니 했는데
그 너머 한구석
담장 위 고양이 한 마리,
울타리 안 풍경이군!
내가 내다보는 줄 알았는데
들여다보고 있었네
고양이한텐
바깥이고 안이고
들여다보고 내다보고
그런 생각 없겠지
바라볼 뿐

2

너무 많은 생각이 오가서

턱,
머리끝부터 꼬리뼈까지
트래픽 잼에 걸려 있을 때
내 고양이를 본다
한 번에 한 생각
혹은 아무 생각 없는
오솔길 같은 눈망울을
들여다본다
아니, 내다본다

문

뒤틀려 쇳소리를 낼지
달콤한 콧소리를 낼지
당최 열리기나 할지
문이여, 닫힌 문이여
닫혀서 모를 사람의 문이여
달처럼 멀구나
그 언저리를 맴돌다
문
바로 앞은 말고
좀 떨어져
긴 의자에 앉아 바라본다

문만, 그야말로 대문짝만 하게
확대해서 본다
벽 없이 홀로 비석처럼 서 있는 문
열릴 일도 닫힐 일도 없는 문
문이 아닌 문
평생을 소란스레 여닫힌 문의
어리둥절한 꿈

파동

유난히 쫓기듯
유난히 날개 퍼덕거리며
비둘기들 몰려다닌다
휘둥그레 뜬 눈에
행인도 자동차도 보이지 않는 듯
오직 먹을 것에 정신이 팔려

유난히 붕 떠 있는 하오의 햇살
먹을 거라곤 보이지 않는 길바닥
콕콕콕콕콕
부리로 착실히 찍으면서
비둘기들 삼족오처럼
재게재게 발 옮긴다
유난히 날개 퍼덕거리며

무섭게 추울 내일이란다

꿈속에 그려라

"영숙아!"
방금 호기롭게 택시에서 내린 한 가장이
비틀걸음 옮기며
비탈 골목쟁이를 쩌렁쩌렁 울리네요
영숙이는 그이 큰딸 이름이겠지요
무슨 좋은 일이 있나 봐요
보안등 불빛 아래 팔랑팔랑
흰 나방들이 춤을 추고요
이 집 저 집
시름 가득 얹은 시렁 아래
애벌레처럼 몸을 꼬부리고
꿈도 없이 잠들었던 사람들
잠결에 미소 지으며 손을 뻗어
새근새근 자는 아가의 어깨를
다독거려요
이 집 저 집
지붕 위 스티로폼 박스에서는
바람이 떨구고 간 씨앗들이

상추 이파리 밑에서 싹을 틔우고요
산꼭대기 지하방 젊은 부부
아슬아슬한 꿈으로
곤두박질하다 치솟으며
눈꺼풀을 파르르 떨어요

밤에는 달동네
낮에는 해동네

꽃에 대한 예의

유독
꽃을 버릴 때가 되면
곤혹스럽다
재활용은 안 될 테고
일반쓰레기 봉투랑 음식물쓰레기 봉투
어느 쪽에 버리는 게 마땅한지
망설이다 종종
동네 화단 덤불에 슬쩍 얹어 놓곤 했다

때가 되어간다
이미 지났을지도
꽃병은 바닥까지 말랐을 것이다
물을 부어주는 게
왠지 계면쩍었던 때가
그때였을까?

꽃병 속에서
시든 꽃이 말라간다

낱낱 꽃잎들과 꽃가루가
식탁 위와 방바닥에
우수수 떨어져 있다

전날도 아니고 전전날도 아니고
오래전 화장 얼룩덜룩
빛바랜 꽃이여

유독
꽃을 버리는 건
버릇이 되지 않는다
버릇처럼 피어나
버릇처럼 시드는
꽃을

열쇠는 일요일

누군가가 들려주니
좋군요
누군가에게 들려주며 들으니
좋군요
노래는 기도처럼
누군가를 위해 부르는 게 제맛이죠
누군가가 불러주는 게 제맛이죠

황홀이 번번이 황혼으로
헝클어지는 노래의 장원이여

그래요,
또 월요일이네요
일요일은 빨리 가고
봄은 더디 오고

바다의 초대

오세요, 지친 이여
눈매 서늘한 바다가 당신을 기다립니다
다디단 바람이 불고, 불고, 불고
하늘엔 상념처럼 구름이 흩어지고

자고, 자고, 또 자고,
하염없이 자고만 싶은 이여, 오세요
다디단 모래알들을
한 번 더, 한 번 더,
하염없이 한 번 더 어르면서
바다가 당신을 기다립니다

다친 비둘기 같은 이여
바다가 기다립니다
당신을 물고기처럼 팔팔해지게 할
눈매 서늘한 바다
다디단 여름 흠뻑 머금은
바다는 생각보다
가까이 있을 거예요

봄밤

백 칠, 백 육, 백 오, 백 사
백팔계단 털벙털벙 내려간다
백 삼, 백 이, 백 일, 백
쿵짝, 쿵짝, 쿵짜작, 쿵짝
느닷없는 반주 소리에
내 무릎 무르춤하다
산 밑 허름한 동네 백팔계단
맨 아래 분홍빛
노래방 간판 비에 젖는다
가출 중학생들 길고양이들 숨어들음직
후미진 지하실에서
마흔 넘은 여자의 노랫소리 들려온다
쿵짝, 쿵짝, 쿵짜작, 쿵짝
살짝 비애스럽고 살짝 환멸스런
쿵짝, 쿵짝, 쿵짜작, 쿵짝
음악과 악다구니 사이에서 째지는 목소리의 동네
아주머니시여
선율 없는 반주에 맞춰 당신은 몸을 흔들까

당신의 입술은 웃을까, 눈은 헤맬까
노래방 건너에 〈한 마리 팔천 원〉 '후라이드치킨'집
막 돌아온 심야 배달 오토바이
구성진 비에 젖는다

이름 모를 소녀

이제,
이름 모를
사람이 없네
뉘신지 당신이
당최 궁금치 않네

이름 모를 거리가 없네
어디에서건 그곳이
대강 어딘지, 무슨 동(洞)인지
절로 알 만큼 한 도시에
오래도 살았기에

맹랑하지도 허무하지도
간질간질하지도 않은
하루, 또 하루

라디오에서 흘러나오는
흘러간 가요

'버들잎 따다가 쓸쓸히 바라보는'
가슴을 저미네
알 수 없는 것투성이고
매사 서툴렀던
흘러가버린 시절
아뜩히 밀려 오네

마스터

가로 40센티미터 세로 40센티미터 높이 30센티
미터
똑같은 크기에 똑같은 모양, 똑같은 색깔로
헬스장 복도 한 벽을 채우고 있는 사물함들
그러나 열쇠 구멍 구조는 제가끔일 터
비밀입니까?
비밀입니다.

사물함을 열자마자
낯선 냄새, 낯선 습기, 낯선 가방에
얼떨떨해하다가 그것이 내 사물함이 아니란 걸 깨
닫고
나는 살짝 공황에 빠졌다
무슨 일이지?
무슨 일이긴 무슨 일
열쇠를 안 갖고 가서
마스터키를 빌린 것
그리고 실수로 옆 사물함을 연 것

다른 사람 사물함이 무방비로
스르륵 열린 것
실례했습니다!
나는 얼른 그 사물함을 잠갔다
두근두근

마스터키를 빌렸을 땐 조심해야 한다
지갑이건 젖은 옷가지건 쓰레기건
가정생활이건 戀事건 범죄건
뜻하지 않게 남의 방을
열어보게 될 수 있다
그래서 대개 마스터들이
냉담하고 권태로운 얼굴을 하고 있는 것

해바라기 시간

넘치게 햇빛 담은 다라이만 한 꽃을 이고
훤칠한 해바라기들 휘청거리네
끝 간 데 없이 일렁이는 황금빛
두근거리다 못해 울렁거리는 바람
바다의 푸른 망아지들 우르르 몰려와
해바라기 꽃밭 예제서
킁킁 코를 박고 헤어날 줄 모르네
해도 달려와 눈부신 듯
제 금빛 오로라,
해바라기 꽃밭을 바라보네.
욱신거리는 실룩거리는
해바라기 시간!

개미핥기

풀고 싶지 않은 문제들이 있다
답이 두렵기에
개미 떼처럼 바글바글 끓는 문제들
개미에 시달리지 않고
쫓기지 않고, 개미를 미워하지 않고
그러기 위해 나는 날름날름
개미를 삼킨다
위장(胃腸)의 일로 넘겨버린다
그래도 날이면 날마다 여전히 끓는 개미 떼
나는 또다시 날름날름
개미는 나의 양식
입속이고 뱃속이고 따끔따끔 뜨끔뜨끔

탱고

붉고 붉은 단풍
우수수 떨어져
나무 주위를
파닥거리며 돈다
다시는 돌아오지 못할 것을
아는지 모르는지
유유히
어여쁨 뽐내며 파닥파닥
붉고 붉은 단풍
환희로 가득한 숲

가을바람에 흩날리는
붉고 붉은 단풍
가슴 저며라, 사람인 나는

어떤 여행

그 여름의 열닷새
매일 오후 나는 늦은 점심을 먹고, 숙소를 나서
버스를 탔다
같은 정류장에서 같은 번호 버스를
그리고 항상 같은 동네에서 내렸지
죽죽 벋은 대로(大路) 한 옆의
텅 비어 있는 〈메리고라운드〉를 지나
쇼핑몰을 어정거렸지
(사고 싶은 것도 돈도 없이)
그리고 나서, 〈카페 코펜하겐〉이었던가,
대개는 거기 테라스에서 커피를 마셨다
금빛 테두리가 쳐진
하얗고 날씬한 커피 잔
튤립 같기도 하고 왕관 같기도 했지
한번은 느릿느릿 커피를 마시며 책을 읽다가
문득 눈을 돌리니
참새 세 마리 식탁 위로 날아와 앉았어
나는 신이 나서 비스킷을 부스러뜨려 대접했지

더 줄 게 없을까 가방을 뒤적일 때
종종걸음으로 급사 청년이 다가왔지
참새들이 날아가고 청년은 난처한 얼굴로 손을 저
었어
나는 달아오른 얼굴로 열심히 고개를 끄덕였지
카페를 나선 뒤엔 바닷가를 향해 걸었지
허름한 서핑 보드를 옆구리에 낀 사내애들이
나와 앞서거니 뒤서거니 걷기도 했지
눈에 선하네
내가 책을 읽거나 우두커니 앉았던
바닷가 풀밭 위 나무 탁자
바다에 촘촘히 출렁이던
노랗고 파랗고 하얀 돛을 올린 요트들
곧 하나씩
노을 바다를 향해 출발할 것이었지
나는 그 요트들이 돌아오는 걸 보지 못했어
낯선 그 바다 도시에서
버스가 끊기기 전에 서두르느라

아무 모험심도 동경도 없이
멀리멀리 떠나 있던 열닷새
꿈꾼 것만 같네

비 온 날 숲 밖에서

나는 너무 오랫동안 숲에 가지 않았다
그래서다
선뜻
발을 들여놓지 못하겠다
그렇다고
발길을 돌리지도 못하고
우산을 뱅글뱅글 돌리면서
들여다본다
숲은
어둡고
고요하고
축축하다
초록 물감 두툼히 발린
아직 마르지 않은 유화처럼

산들,
바람이 부니
아랫도리를 벗은 숲의 방향(芳香)

혹 끼친다
치맛단을 추켜올리고
맨발로 걸어 들어가고 싶다
그러면 수풀은 나를 에워싸고
젖은 손가락들로 온통 나를 만지겠지
아, 징그러운!
아니, 싱그러운

세월의 바람개비

나는 우두커니 바라보네
빨갛고 파랗고 노란, 커다란 바람개비들
창공을 배경으로 모여 서서
바람을 기다리네
나도 기다리네
바람이 몰려오면 날개 끝에서
저마다 색색 바람 입자 튕기며
눈부시게 도는 바람개비들!
다만 바라보며 탄성 지르네
오랜 기억이 들썩들썩 떠오르네

색종이를 삼각형으로 두 번
접었다 편다
모서리마다 공작가위로 오린다
네 끝을 한가운데로 오므려 모아
수수깡에 압정으로 꽂는다

돌아라, 알록달록 어린 날

빨강 바람개비
파랑 바람개비
노랑 바람개비

바람개비 든 손, 앞으로 쭉 뻗고
운동장을 달렸네
동네 골목을 달렸네
배경은 아무래도 좋았지
바람 한 점 없는 날에도 바람개비
파르르르, 파르르르, 잘도 돌았지
야무진 바람개비 내 심장
벅찬 바람으로 파들거리고
웃음이 절로 터졌지!

근황

화장실 전구가 나간 지 오랜데
나도 모르게 번번이
스위치에 손이 간다
딸깍,
스위치를 누른 뒤에도 걷히지 않는 어둠에
한 대 맞은 듯
딸꾹, 거리는 대신
킬킬 웃는다
어쩌면 이렇게 자동적으로
스위치를 누르게 되냐
전구 나간 거 빤히 알면서
귀갓길엔 또 번번이
전구 사오는 걸 잊어버리냐
델, 델, 델, 델, 델, 델, 델

아까 낮에
두 달은 족히 지난 『BIG ISSUE』 41호를 뒤적거리다
다섯 컷짜리 강풀 만화 「근황」을 본 뒤

'Del. Del. Del. Del. Del. Del. Del'이
자꾸 입 밖으로 굴러 나온다
강풀이라면 이 원고도
델델델델델델……하리

딸꾹질이 날 듯도 하고
재채기가 되게 날 듯도 한
델. 델. 델. 델. 델. 델. 델.

11월

햇빛 물고기 떼
아득한 바람파도를 타고
나무들 바짝 마른 손들
일제히 그 뒤를 쫓아가고
날아가버린 하늘

엄지 끝으로 아랫입술을 누르고
남은 네 손가락 살짝 깨문 채
희미해져가는 처녀야
그 노래를 부르렴
들판에, 네 가슴에
서리의 악보

운명의 힘

상대의 성향과 확률을 숙고해서
가위를 낼지 바위를 낼지
보를 낼지 결정하는 승부사도
"하늘에서, 내려오는, 천사가, 요거 내래!"
가락 맞춰 외치다 보면
얼결에 내게 된다

흥겨워라,
운명의 힘

술래

"나 좀 잡아봐, 나 좀 잡아봐!"
지하철 플랫폼에서
제 엄마 옆에 선 형아한테 애걸하며
네댓 살 사내애가 자판기 쪽으로 뛰어간다
내 조카애도 저만할 때
"나 찾아봐! 나 찾아봐!"
나만 보면 커튼 뒤로 장롱 속으로 숨어들었지
어린애들은 쫓기보다
달아나기를 좋아해
찾기보다 숨기를 좋아해
아슬아슬 조마조마 무서운 게
그렇게나 즐거운 어린이여
어른이 되면
술래가 즐거우니라
아니, 술래가 바뀌니라

그 자리

오늘 밤에도
나는 가겠지
자동차 한 대 들어서면
한 옆으로 행인 비켜 걷는
그 골목
거기 한 담벼락 아래 설핏
마른 잎 한 장
보겠지
두 계절 전에는
새끼고양이만 한 몸체
아름다운 담황색
쫑긋 귀 달린 머리통
길고 탐스런 꼬리
오소리인지, 족제비였지

어디서 와서, 왜 거기 멈춰 있는지
짧은 비명을 지른 뒤
나는 지나쳤지

그 골목에 사는 노인장,
비둘기 모이도 주고
골목도 쓸던
그이가 거두리라
믿고 싶었지

다음 날도, 그다음 날도
몸체는 그 자리에 있고
이내 부풀어
커졌지
그리고 비가 왔지
골목은 나날이 너저분해졌어
견디다 못해 내가
휴지쪽이니 과자곽이니
비닐봉지에 주워 담았지
그 자리만을 피하면서

한 달이 지나기도 전

몸체는 부피를 거의 버렸지
그렇게 빨리
노인장과 나, 우리 둘을 용서한 듯이
그 골목 사람들을 용서한 듯이
순하게 바뀌었지
골목은 다시 말끔해졌지

오늘 밤도 나는 가겠지
떨어진 그 자리에서 가랑잎처럼
날아가버리지 못하고
아, 스미어든!
그 자리 가장 먼 가장자리를 돌면서
나는 듣겠지
잎맥처럼 가느다란 뼈들이
바스락거리는 소리를

새로운 이웃

자정 지난 시각에 우당탕 퉁탕
덜커덕덜커덕 들들들
동네 길바닥이 펄떡펄떡 뜁니다
한 짐 가득 폐품 끌고
그 여인이 돌아오는 것이지요
늠름하게요
바지랑대같이 키 크고 마른 그녀가 이사 온 뒤
폐품 줍는 할머니 할아버지 들
비상이 걸렸습니다
낮이고 밤이고 너무나 부지런히
동네를 돌거든요
허리 꼿꼿이 세우고요
밤마다 거침없는 소란이며
재활용품을 골라내고 아무렇게나 어질러놓은 쓰
레기봉투들이며
자기네까지 욕먹을까 봐
그녀의 점잖은 동업자들 뒤숭숭해했어요
그런 차에 윗동네 과일가게 앞에서 그녀를 봤습

니다

　"안 놔!? 안 두고 가!?

　개새끼 확 던져버릴라!"

　그녀는 발 구르면서 고함 지르고요,

　강아지는 겁에 질려 깨갱거리고요,

　개줄을 잡고 있는 할아버지

　가게 옆에 쌓인 박스 위에 한 손 얹은 채

　고개를 푹 숙이고 있고,

　지나가던 사람들은 그저 입만 떠억 벌렸습니다

　그 뒤 나는 먼발치에서도 그녀가 보이면

　절레절레 고개를 저었는데요

　엊그제였어요

　역시나 씩씩하게 쓰레기봉투들을 휘젓는 그녀한테

　동네아저씨가 디카를 들이댔지요

　민원을 넣겠다고요

　잠시 멈칫하던 그녀

　분연히 몸을 일으키고 외쳤습니다

　"그래, 찍어라, 찍어!

찍어서 북한에 보내라!
여기서는 쓰레기 주워서 먹고 산다고!"
하!
브이! 아이! 시! 티! 오! 알! 와이!
파이팅!
나보다 얼굴에 주름살 많지만
나이는 좀 어린 듯한 여인이시여

오, 고드름!

오, 고드름!
결락의 딸
한데서 태어나 낭떠러지를 붙들고

오, 고드름!
거센 바람 속에서도 꼿꼿하지
차가운 눈빛
오만한 콧등
긴 손톱

오, 고드름!
해가 피를 주고
달이 뼈를 키우네

오, 고드름!
오, 삶!
오, 겨울의!

해피 뉴 이어!

새해 첫 해를 보러
동쪽 바닷가에 갔었죠
모래밭 여기저기
혼자서 둘이서 여럿이서
모르는 사람들이 서 있었죠
주머니에 손을 넣고
바람에 목도리와 머리카락 날리면서
두근두근
해를 기다렸죠
기다리지 않아도 해는 뜨겠지만
우리는 기다렸죠
푸른 파도
검은 솔숲
흰 모래알들
무대는 그대로지만
두근두근 눈빛들, 갈채와 환호 소리
해피! 뉴! 이어!!
아무리 태무심한 해님이라도
쬐끔은 놀라고 떨렸을 거예요

삶

겨울 바다, 차디찬 콜타르
하루에도 수차례 푸드덕거리다
부리부터 꼿꼿이 몸을 던졌다
어제오늘이 아니고
태어날 때부터 바다뿐
홀로, 홀로, 무수한 홀로
우리는 뭍에 대해서는
쌀쌀한 풍문으로나 들었다

만연한 겨울도 간다
절해고도 유리창 같은 하늘에
따사로운 햇살 꿈결처럼 부서지리
혈혈한 우리도 속수무책 짝을 지으리
바다에, 孤島에
계속
아름다운 몸들을 주리

반죽의 탄생

치대고 매만지고 꽉꽉 힘줘 주무르고
매만지고 주무르고 치대고
마사지를 받는 건 빵 반죽인데
머리가 시원해진다
치대고 매만지고 손끝이 바르르 떨리도록
하염없이 주무르고
무념무상

속속들이 하양
반드르르 매끄러운 반죽 덩어리
튕겨보고 눌러보고
손바닥으로 문질러도 보고
찰진 반죽 덩어리
두근두근, 이것은 실제의 감촉
아, 살의 감촉!

밀가루와 소금과 약간의 설탕과 누룩
그리고 물과 내 팔뚝 힘!

사람도 만들 수 있을 듯!

누룩 냄새 발그레 피어오르고

미열(微熱)

겨울바람에도 아늑한 결이 있어
가늘게 웃는 눈으로
고양이도 오가고 할머니도 오가고
고롱 고롱 고로롱
내 옆구리에 구름 지나가는 소리
먼 여명 유리창에
꿈속 기억처럼
유령거미처럼 내려앉네

우리 아닌 우리

내 친구의 말버릇
양보 아닌 양보를 하고
눈물 아닌 눈물을 흘린단다
진실 아닌 진실
거짓 아닌 거짓
또 뭐냐, 맹세 아닌 맹세
왜냐? 왜?
왜 말을 그렇게 하는 거냐?
네 말을 듣다 보면 내 머리에
버그 아닌 버그가 끼는 것 같다!
나는 농담 아닌 농담을 하고
너는 웃음 아닌 웃음을 웃고
이, 친구 아닌 친구야
친구야, 친구

토요일 밤의 희망곡

構圖는 이렇습니다

수정을 빻아 넣은 듯
어딘지 호사스런 청남빛 하늘입니다
그 하늘의 골목인 듯
상송 구슬들이 떼구르르 구르는군요
그 골목을 탈탈탈탈 작은 손수레
불을 켜야 하는 눈빛으로
할머니가 지나갑니다

사연이 마뜩잖은 물건이라고
가래침을 뱉거나 깨뜨려서 버리지 마십시오
누군가 재활용할 여지를 부디

뭐, 이런 거라면,
"삼, 육, 십삼, 이십삼, 이십사, 삼십칠,
그리고 보너스 번호는 삼십오입니다"
이 중 두 개나 맞춘 로또라면

부디 버리기 전 **쫙쫙** 찢으시기를
행여 누군가 헛된 희망을 갖고 주워 들지 않도록요

어, 구도가, 구도는,

예상했던 바지만
그래도 시무룩해지는군요
하, 제가 이렇게 얄팍하답니다
내주는 또 내주의 로또가 있는 것을요!

마음을 추슬러
별을 찬양하겠습니다
하늘을 우러러보고
바람에 스치어도 보겠습니다
사실 로또 같은 건 벌써 잊어버렸습니다
매번 있는 일인걸요

기타는 없지만 동전은 수북한

길가 가로수들이
추억의 시를 바스락거리는
토요일 밤입니다

일몰(日没)

네 얼굴을 알아볼까 봐 두건을 쓰고
네 얼굴을 알아볼까 봐 역광 속에서
그림자처럼 스쳐 인파 너머로
넘어가는 너를 돌아보면서
네게도 내게도 낯선
거리를 돌아보면서
내 모든 고인(故人)들을 돌아보면서

애가(哀歌)

만 이틀
저렇게 오래 자는 새는 없을걸
아주 잠들었나 봐
그래도 혹시 깨어날지 몰라
다시 난로를 켰다가
다시 난로를 끈다
말라가는 플라타너스 잎새 위 작은 새
오, 새야!
진작 너를 놓아줄 것을!
눈보라를 피하게 하려다
익사시키고 말았네
내 예쁜 작은 새

어두운 길바닥에서 너는
날아오르지 못하고 애처롭게
날개를 퍼덕거리며 달아나려 했지
어렵사리 너를 붙잡아 심란한 가슴에 품고
걸음을 옮기다 플라타너스 잎 하나 주위 들었지

그러기를 얼마나 잘했는지!
네 거처였던 우리 집 화장실에서 너는
플라타너스 잎새 아래 숨어들었지
며칠 뒤 그 잎새 반도 안 남았지
플라타너스 잎을 새가 쪼아 먹기도 한다는 걸 처
음 알았지
너는 차츰 숨바꼭질을 하지 않고
내 발치를 빙빙 돌다가
쌀알과 수수알을 쪼아 먹었지
네가 방충망에 날아올랐을 때
그때 너를 놔줘야 했을까?
아, 나는 확신할 수 없었지
네가 다 나았는지
네가 밖에서 겨울을 날 수 있는지
나는 그저 너를 위해
플라타너스 잎 세 개를 새로 주워 왔지
길가 화단의 낙엽 더미에서
고르고 골라 그중 성한 것

크리스마스가 코앞인데 고맙게도
제 모양 간직한 낙엽이 있었지

아, 이제 플라타너스,
내게 특별한 나무가 되었네
너는 기쁜 듯 우짖었지
아니, 그리워서였을까?
네 우짖음 소리 생생히
내 가슴을 가르는구나
"빠아악! 빠아악! 빠아악!"
무슨 새소리가 저럴까, 나는 웃음을 터뜨렸지
이제 생각하니 너는
아주 어린 새였던 거야!
오, 내 작은 새, 작은 새,
내가 너를 죽게 만들었네

네 놀이터인 빨래건조대를 뺏어 들고 나와서
나는 한가롭게 빨래를 널고 있었지

그동안 무슨 일이 일어났는지 까마득히 모르고
그게 대체 몇 분 동안이었을까!
축 늘어진 너를 물에서 건져 올려
미친 듯 물기를 닦아내고 네 몸을 문질렀지
내 손끝에서 네 고운 깃털들이
뭉실뭉실 빠져 날아다녔지
네 죽지 아래를 눌러대자 작은 삐, 삐, 소리가 났지
너는 반짝 눈을 떴지
내 가슴에 희망이 눈 떴지
너는 작은 새니까, 아주 작은 새니까,
숨을 돌이킬 수 있다고 생각했지
죽음을 무를 수 있다고 생각했지
네가 그토록 작아서, 아주 작아서,
그토록 쉽게 목숨이
혹 꺼진다는 걸 생각지 못했지
네 목에 힘이 빠져도 네 눈이 빛을 잃어도
너를 붙드느라 내가 너무 들볶아서 지친 거라고
생각했지

푹 자고 깨어나기를!
푹 자고 깨어나기를!
하루를 기다리고 이틀을 기다렸지

저렇게 오래 자는 새가 있을까?
내 작은 새 죽고 말았네
말라가는 플라타너스 잎새 위 작은 새

당신의 지하실

식탁 한가운데
포도와 멜론과 복숭아가 담긴 커다란 과일 바구니
당신의 아내는 접시들과 은수저와 이태리제 냅킨을
의자 수대로 세팅하고 있다
전기레인지 위 압력솥에서 갈비찜이 푹 익어가고

당신은 거실을 둘러본다
가죽소파는 부드럽게 잘 닦여 있고
꽃에서 꽃으로 나비가 날아다니는
초대형 벽면 티브이에서 음악이 흘러나온다
태교나 명상에 좋을 음악이 은은하게

당신은 진열장 앞에 멈춰 선다
양주로 빼곡히 채워져 있다
해외에 다녀올 때마다 면세점에서 산 양주들, 선
물 받은 양주들
한 병도 뚜껑을 따지 않았지
당신은 뿌듯한 표정이다

거실과 주방과 침실과 욕실과 개조한 베란다
모든 게 반듯하고 반짝반짝하다
사돈 될 가족들이 이제 곧 방문할 당신의 집
11층 저 아래 지하실에는
털가죽들이 말라비틀어지고 바스라지고
뼈들이 흩어져 있다
당신이 그렇게 만들었지
겨울을 나려고 그 안에 들어가 있던
수십 마리 고양이들을

지난겨울 당신이 주동이 돼
지하실 문을 잠갔다
고양이들이 굶어 죽으라고
바깥에 나간 새 생이별을 한 어미고양이들이
그 안에 든 새끼고양이들과 좁은 창살을 사이에
두고
처절하게 울부짖는 소리를

당신들은 흡족해하며 들었다

당신들이 사는 곳은 신축 주상복합아파트도 아니다
머지않아 허물릴 오래된 아파트다
당신들은 가볼 일도 없었던 그 컴컴한 지하실을
봉해버렸다

압구정동 구현대아파트 74동 지하실
고물거리던 작은 털복숭이들이 사체가 돼 뒹군다
당신들 영혼의 지하실
그 위에서 당신들은
잘 먹고 잘 싸고 잘 자고
사돈이 될 가족을 맞는다

고통

가장 따뜻한 데를
추위도 안 타는 시계가 차지하고 있다
그 옆에 기억을 빨아들이는 진공청소기
비쩍 마르고 오들오들 떠는 것들을
어두운 구석으로 몰아넣는다
열정이니 고양감이니 사랑이니 우정이니
시니 음악이니 존재니
행복감이니 다행감이니

심장이 찌그러진다
찌그러져라, 참혹하게 찌그러져
터져버려라
연식 오랜 시계여
진공청소기여
피도 눈물도, 눈도 코도 귀도,
아무 감각도 없는 것이여

불시착

마을버스 지나가는
아스팔트 언덕 길가에
두 날개 펼치고 비둘기
납작 엎드려 있네
폭우에 떨어진 종려나무 이파리인 듯

한 뼘 옆에서
조용히
금이 가는 시멘트 길
민들레꽃 외로운 얼굴

바다의 선물

그곳은 해수욕장 해운대였다
나는 바다와 수인사를 나누기보다
그의 선물을 기대했다
조가비를 주우려 모래밭을 헤맸지
파도가 종아리를 적시는 데부터
색색 파라솔과 텐트 들이 모여 있는 데까지

실망스럽게도 바다는 빈손이었다
깨진 조가비 하나 없었다
그때 내 눈에 반짝,
목에 석류알처럼 붉은 테를 두른
너무도 예쁜 고둥!
그것도 한둘이 아니었다
셋, 넷, 다섯, 여섯,
나는 두근거리며 고둥을 주워 모았다
두 손 가득 고둥을 받쳐 들고 만족스레 고개를 치
켜들자
뙤약볕 아래 파라솔,

삶은 고둥을 파는 노점……

산동네 쓰레기 버리는 곳
커다란 검정 비닐봉지에서 쏟아져 나온
홍합 껍데기를 내려다보다가
문득 떠오른,
스무 살 내가 처음으로
바닷가에 갔을 때

서녘

이루고, 무너지고, 복구하고
만들고, 먹고, 싸고, 또 만들고
허물어지고, 사라지고, 망각하고
다시 만들고, 먹고, 싸고

하루 햇빛이 일제히 돌아가느라
몰려 있는 하늘

생활의 발견

소스 맛에는 중독성이 있다
때로 소스를 맛있게 먹기 위해
돈가스가 존재하는 게 아닌가 싶다
돈가스 소스는 돈가스를 가장 맛있게 먹을 수 있게
연구하고 만든 것일 테지만

소스만 있으면 어떤 특정 음식의 맛을
상당 정도 느낄 수 있다
예컨대 맨밥에 돈가스 소스를 끼얹어 먹으면
돈가스와 흡사한 맛이 난다

시작법은 시의 소스
제 소스의 레시피를 가진 시인들이 부럽다
언제라도 한 접시 먹음직한 시를 내놓는 그들!
나는 레시피도 없고,
찬장 깊숙한 데서 꺼낸 인스턴트 돈가스 소스는
유통기한이 1년이나 지났다
그래도 가난한 나는
맛있게 먹지

슬픈 권력

고양이밥을 돌리러 집을 나섰다.
흑갈색 줄무늬의 잘생긴
아메숏이 집 앞 차 밑에서 기다리고 있다.
나를 보자마자 여느 때 같지 않게
안절부절못하며 징징거린다.
밥그릇을 밀어주니 웬
빼빼 마른 노란 줄무늬 새끼고양이가
옆 차 밑에서 튀어나와 달려든다.
폭풍 흡입이다.
아메숏이 하악질을 해도 본 척 만 척.
사내놈이 돼갖고 아리따운 아가씨 고양이도 쫓아
버린 아메숏인데
협박도 먹히지 않는 당찬
꼬마가 혼란스러운 모양이다.
밥 한 그릇 더 놓고
동네 한 바퀴 돌고 오니
그릇이 둘 다 싹싹 비워져 있다.
새끼고양이는 사라지고

아메숏 혼자 남아 있다.
그릇에 밥을 채워주니
허겁지겁 먹다가 왝왝 토한다.
워낙 까칠한 놈인데 스트레스를
받아 위경련을 일으킨 듯도 하다.
그 어린것이 밥그릇 둘을 비웠다.
사람으로 치면 장정 네댓이 먹을 양을
두세 살짜리가 먹어 치운 셈.
어지간히 굶었나 보다.
눈에 보이는 것 없이 굶었나 보다.

악에 받쳤네
악에 받쳤네
너무 굶주려
악만 남았네

덩치 큰 고양이 둘이 홍해처럼 갈라져 뒤로 물러
서고

체구도 작은 삼색고양이가 비척거리며 다가와
밥그릇에 머리통을 들이민다.
이 어쩐 일인가,
자세히 보니 꼴이
말이 아니다. 비쩍 마른 온몸에
털은 구깃구깃 엉겨 있고
입가에는 걸쭉한 침이 땅바닥에
닿도록 매달려 있다.
구내염 말기 증세다.
근처만 가도 비참의 냄새 진동하여
모든 고양이가 피한다.
사나운 고양이도 건드리지 않는다.

악에 받쳤네
악에 받쳤네
더 이상 두려울 게 없네
악만 남았네

슬픈 권력.
죽음에 끈
닿은 권력.

그 젊었던 날의 여름밤

새벽에 전화벨이 울렸다
자냐고, Y가 물었다
아니, 전화 받고 있어
내 대답에 그는 쿡쿡 웃더니
그냥 나한테 전화하고 싶었다고 했다
무슨 일 있냐고 묻자
그냥, 그냥만 되풀이하다가
그냥…… 살고 싶지가 않아……라고 했다
그리고 그는 울고
나는 울음소리를 들었다
울다가 그는
툭,
전화를 끊었다

아직 젊었던 날의
계절은 기억나지 않지만 또 한 새벽에
전화벨이 울렸다
나, K인데……

오래 사귄 애인과 헤어졌다는 K는
어린 여자에게 가버린 애인에 대해
K를 못마땅해하던 애인의 가족에 대해
지운 아기에 대해
물거품이 돼버린 그림 같은 집과
토끼 같은 자식들에 대해
설움과 분노를 토했다
그리고 울먹이면서
죽고 싶다고 했다

잠 못 이루다 새벽에
전화로 나를 찾았던 Y와 K는
둘 다 별 연락 없이 지내던
먼 친구였다
그 뒤 Y와 K가
어떻게 살았는지
나는 모른다
지금까지 살아 있다는 건 안다

나도 살아 있다
우리를 오래 살리는,
권태와 허무보다 더
그냥 막막한 것들,
미안하지만 사랑보다 훨씬 더
무겁기만 무거운 것들이
있는 것이다

미로

점심시간 막 지나
황성자 씨 가방 챙겨 나간다
—아줌마, 어디 가세요?
—집에 가
—왜요?
—김 반장이 가래네
황성자 씨 순한 눈
끔벅, 끔벅하면서
얼굴 붉히고 웃는다

황성자 씨가 화장실 갔다가
작업대로 못 돌아오고 공장을 헤맬 때면
젊은 아가씨들 킥킥거렸다

37년 다닌 공장
더 다니려고 숨겨온 치매
기어이 들키고 말았네

영원

여자 목소리다
차갑지 않은 목소리다
─영원입니다
차갑지 않은 목소리로 내 가슴에
토할 것 같은 맴놀이를 일으킨다
─영원입니다

십 분 뒤에도
삼십 분 뒤에도
한 시간 뒤에도
두 시간 뒤에도
하루, 이틀, 사흘 뒤에도
또박또박 들려주는
─영원입니다
귀에 익지만, 모르는 사람의 목소리
어쩌면 사람의 목소리가 아닐지도

─보유하고 계신 통장의 잔액은

영원히 영원일 듯
영혼을 앗아가는 영원이라네

론리 조지

갈라파고스의 가을날
바다는 푸른 파도를 치고
멀리 화산은 구름처럼
연기를 피워 올리고 있었을 테지요
그때 하늘이 검고 축축한 날개가 아니라
금빛 포슬한 날개를 펼치고 있었기를 빕니다
당신이 끔벅거리던 눈을 감고
턱 밑에서
툭, 턱, 툭, 턱,
바위의 박동 소리
잦아드는 기척에
잠깐 턱을 치켜들었다가
다시 내려놓은 그때에
당신 가까이서 물새들이 날고
물고기를 삼키는 물새도 있었다면 좋겠습니다

마지막 첼레노이디스 아빙도니
외로운 조지

마지막 개체로 남아 수만 날을
혼자 산다는 건 어떤 것일까요?
너무 커다란 외로움은
외롭지 않은 것이기를!

자이언트 외로움
외로움의 자이언트

거북이의 섬에서
거북이의 별로
당신이 느릿느릿 무지개다리를 건너갈 때

바다는 아무 일도 아니라는 듯
자장노래 불러주었을 것입니다
처음 바닷물에 둥둥 떠서
나비처럼 사지를 파닥이던
아기거북이 당신을 추억하며,
수광층 아래로 눈물 감추고

골목의 두 그림자

소형 트럭도 개인택시도 제자리에 돌아와 있다
인적 끊긴 골목
기특하게도 드물게나 자리를 비우는
군청색 스포티지 뒤에 쪼그려 앉으면
차 밑에서 밥을 재촉하는 고양이
쉬잇! 속삭이며 내 귀는 자라고

어디선가 똑, 똑,
똑, 똑, 똑,
귀 익지만 지금에는 어울리지 않는 소리 잡힌다
자욱한 어둠 너머 저만치
보안등 불빛 아래 한 사람 등 고부리고
손톱을 깎고 있다

그이는 거기 공용 주택
어딘가에 사는 사람
자주 마주치나 한 번도 서로
눈을 마주치지 않은 사람

주차장 출입구에 의자를 놓고 흐릿하게 앉았거나
손녀 것 같은 분홍색 자전거를 타고
그늘진 골목을 왔다 갔다 하던 사람
이윽고 그 사람 골똘한 자세로
발톱을 깎는다

그 사람 보안등 불빛 아래서 손톱을 깎고 발톱을
깎는다
나는 그 소리를 듣는다, 숨죽인 어둠 속에서

가가호호 잠꼬대처럼
손톱이 자라고
발톱이 자라고
손톱이 자라고
발톱이 자라고

겨울밤

뺨에 쩍쩍 들러붙는 삭풍의 채찍질
걸음을 재촉하네
내 고양이들은 예제서 뒹굴고
보일러는 자주 기척을 내겠지
따끈따끈 바닥이 달궈진
방이 기다리는
집으로 들어가는 길

달의 고드름 아래
뱃속까지 얼어서
죽을 때까지 살아 있는
길의 사람들
길의 고양이들
밖에 두고 문을 닫네

이렇게 가는 세월

오늘 하루는,
나랑 약속을 잡아놓고도
또 친구를 만나러 가네
그렇게 됐으니 오늘 밤에는 꼭,
미룬 약속을
또 못 지키고 다른 친구를 만나러 가네
아, 정말!
맨날맨날맨날!
나한텐 언제 시간 내줄 거야?
우리가 진짜 '자기 사이' 맞기나 하니?
왜 그런 쓸데없는 소리를 해?
일찍 돌아올게
가책을 누르고 큰소리치며
친구를 만나러 가네

선방(善防) 1

오전의 봄 햇살
찰랑찰랑 쏟아져 들어오네
라디오는 오보에 협주곡을 들려주고
식탁 한가득
메모 쪼가리와 흰 종이

내 가슴 공허하게
욱신거리네

빛이 없는 메모들
그림자 없는 흰 종이들

괜찮지 않네

이른 아침에 날아든
링에서 아웃 당한 친구 소식
관중도 상대 선수도
심판도 하나같이 비열한

친구의 링

내 친구들 하나같이
패자라네
자랑스럽지만,
연이은 패배를 버텨내기에
우린 이제 나이가 많아

친구들 전부
나쁜 꿈속에 있네
빛 없는 메모들
그림자 없는 흰 종이들

차라리 우리
와르르 웃으면서 쓰러져볼까?
오케이, 오케이, 오케이,
바닥이 우리를
떠받쳐주리!

세입자들

내 방 지붕 위에서 비둘기들
발 구르고, 우르르 몰려다닌다
가볍도 아니한 몸으로
왔다 갔다 우르르
기왓장 다 흐트러지겠네!
밤새 굳은 몸들을 푸는 모양
아침마다 저런다

이 무례한 세입자들아!
집은 또 얼마나 너저분하게 쓸꼬, 비도로기들!(아
마 나만큼이나)
나처럼 관대하고 게으른 집주인이
어디 또 있을 것 같지도 않으니
쫓아낼 수도 없고

나 또한 세입자인데
내가 또 세를 내준 걸 알면
그들이 이리 집을 망가뜨리는 걸 알면
우리 전부 쫓겨나리

입춘

된바람 타고도 빠져나가지 못한
가랑잎들
한구석에 쌓여 바스라지고
이따금 비둘기 내려앉아
고개를 갸웃거리다 날아가버리고

목마른 겨울분수

빙 둘러서서
꿈에 든 벚나무들
깰락 말락

약속

1

죽음이여,
    죽음이여,
        죽음이여,

싱숭생숭 퍼덕거리다
한소끔 빗줄기에
주저앉고 뭉개지고 해체된
휴지쪽처럼

집도 절도 없는 주검,
죽음들이여

그렇게 떠난
그렇게 보낸

폐기종이여,

공동(空洞)이여,
덧없음이여, 그 게토여
슬픔과 부끄러움이 간헐적으로
불그죽죽 떠오르는 얼굴이여
구역질이여, 생이여, 어쩐지 비루함이여

2

─내가 죽을 때 옆에 있어줘야 해!
─그래, 내 사랑,
네가 죽을 때 내 옆에 있어줘!

아침의 산책

반짝반짝 부서지는 재처럼
쏟아지는 햇빛 속으로
요일(曜日)에 사는 사람들이
일사불란 입장한다
나, 그저께쯤 화장하고
아직 씻지 못한 얼굴은 퇴장한다
입장과 퇴장이 한 방향이다
뚜벅뚜벅 또각또각
어쩌면 이리도 단단하고 분명한 존재들이냐!
왠지 고맙고 대견하고,
어찌나 싱그러운지, 알지도 못하는 그들에게
실례합니다!
로맨틱한 감정마저 솟구친다
정장을 하고 흰 장갑을 낀 기사 양반이
문 열어주기를 기다려야 제격일 듯한
뽀얀니 하얗고 납작하니 꽤 기름한
리무진 같은 아침이다

아참,
시도 아니라고 생각해서 파기한
아침,

친척

늘 생각은 있었지만
참 오랜만에 뵌 할머니
몹시 반기셔서 더 죄송했다

할머니, 한 젊은 친척 여인의
행동거지를 성토하시다가
새삼 섭섭하고 화가 치미시는 듯
"사람은 어떤 부모한테, 어떤 가정에서,
제대로 교육을 받은 사람인지,
제대로 교육을 받지 못한 사람인지,
척 보면 안다!
나이 들은 사람들도 다 나타난다!"

이제 잘 걸어 다니지도 못하시는 할머니
새로 이사한 아파트의 고층에 갇혀 지내시네
활달하고 사교적이셨는데,
친구들은 세상을 떴거나 너무 멀리 산다고

나는 할머니의 외로움에 대해
잠시 생각에 잠겨 있었는데
할머니, 말씀 뚝 멈추시고
당황한 눈빛으로
가슴 아파하는 눈빛으로
내 손을 잡네
"미안하다. 너를 두고 히는
얘기가 아니라……"
아이고, 할머니,
괜찮아요, 괜찮아요, 다 알아들어요

아깃적 나를
키워주신 할머니.

월식(月蝕)

누가 별로 젊지 않은
한 이방 여인의
안위를 걱정하겠는가
버스는 끊어지고,
식당을 나서
여인은 걸어간다
퉁퉁 부운 다리를 번갈아
지상에서 살짝 떼었다 무겁게 내려놓는다
비바람이 불지 않아도
눈보라가 몰아치지 않아도
깊은 밤

더 짧게 질러가는 길이
있을지 모르는데
알고 싶어 하지 않고 그녀는
매일 같은 길을 걸어간다
무뚝뚝하지만
헤매지 않을 길을

간혹 버스가 있는 시간에도
그녀는 걸어간다
버스비를 아끼자고
허겁지겁 돌아갈 게 뭐람
아무도 기다리지 않는 방

일이 층은 보석상점과 양품점
지하와 삼사 층은 카페와 식당
쇼핑센터 네 동이 둘러싼
좁다란 광장
거기서 이어지는
대로에서 대로, 그리고 작은 방

가녀리건 해쓱하건
누가 이미 젊지 않은
한 이방 여인의 외로움과 두려움을
눈여겨보겠는가
일산이나 강남의

중국에서 온 여인
혹은 하와이나 뉴욕의
한국에서 온 여인

어쩌다 제 땅을 떠나
인적 끊긴 깊은 밤
모형 도시 같은 거리를
경직된 얼굴로 따박따박
혼자 걸어가는
제 땅에서도 가난하고
낯가리고 겁 많았을

포커 칸타타

그는 믿고 맡겨도 될 만큼
돈을 싫어하는 사람
멤버가 모자라면
그런 사람도 붙들었지
그렇게 포커 재미에 푹 빠졌었네
마감이 코앞인데 기절할 정도로 피곤할 때
그래도 포커를 하자고 하면 정신이 번쩍 날 거야,
생각하면서 힘을 냈지

깜빡 잠이 들었네
날이 밝았네
커피를 끓인다, 마신다, 왔다 갔다 하다가
시계를 보네
아무래도 이 판은 접어야 할 듯
아니야! 한 시간,
한 시간이면 썼다 벗었다 하지 뭐

'쏟아지는 음악의 장대비를 맞으며

그때 우리의 귀는 장미꽃 같았네'
판돈 떨어지고 빈 지갑 뒤적거리듯
오래전 메모를 노려보네

명랑과 우수, 그리고 삶, 오로지 삶

조 재 룡
(문학평론가)

단단한 자아도 고개를 들어 잠시 하늘을 바라보면 공
중으로 흩어져버리니 그는 노동과 근면으로 무장된 시간
의 주인인 적이 없었을 것이다. 우수와 명랑의 시간을, 바
쁜 거리 위의 생활로 가득한 시간을, 그는 산다. 존재가
있었던 것이 아니다. 시간이 존재를 만든다. 해방촌 거기,
그 시간에는 아무도 없었다. 그는 발걸음을 돌리고, 걷고,
이내 누군가와 마주치고, 무언가를 내려놓고, 걷고 다시
또 걸을 것이다. 우리의 안방이 그에겐 저 거리, 내내 컴
컴한 저 구석이었을 것이다. 그의 늦은 산책에는 안락과
휴식과 자만과 교만과 비난과 질투와 욕심과 이기심이
없다. 조그만 가방 어깨에 메고 고양이에게로, 컴컴한 곳
으로 발걸음을 옮긴다. 묵묵히 걸어가는 뒷모습, 그 걸음

을 삶이 붙잡아줄 것이다. 같은 밤이 다시 당도할 것이다.

정지의 시간, 터벅터벅

황인숙의 시에서 말들은 감정을 한 움큼 머금은 상태 그대로 터져 나오는 법이 없다. 그런데도 시가 깊이를 갖는다는 것은 조금 특이한 일이다. 또한 황인숙의 시에서는 미래가, 더러 희망이, 완벽하게 비어 있거나 적어도 그런 것 같다는 인상을 받는다. 기대, 들뜸, 해석, 판단이 그리하여 자취를 감춘다. 문자가 조합되고, 낱말이 연결되고, 구절이 형성되고, 문장이 이어지고, 행이 하나씩 리듬을 타고 제 자리를 조금씩 달리하여, 시 전체에서 하나의 행임을 알리고, 페이지가 이 리듬에 힘입어 하나둘씩 넘어갈 때쯤, 그가 삶에서 내디딘 보폭들이 서서히 조합되고, 걸음으로 방문한 작은 길들 그 위와 구석들, 그리고 그 풍경들이 서로 연관성을 지니기 시작하면, 조금씩 사유의 폭이 모습을 드러내고, 천천히 삶의 행동이 다시 연결되고, 그 행위가, 다시 하나씩 리듬을 타고 다른 곳으로 이동을 채비한다. 이때, 그리하여 삶, 작은 삶, 자잘한 삶들이 하나씩 백지 위에 내려앉고, 우리에게 살짝 노크를 한다. 그의 시는 그러나 무언가를 비웠거나 비워내려 하지 않는다. 정확히 그의 시만큼, 우리에게 주어지거나 펼

162

쳐져, 결국 무언가가 우리의 내부로 침투할 뿐이다. 낙관주의의 장터, 사유의 쉼터, 시선의 터전, 그러니까 거리, 계단, 골목, 지하, 이렇게 그의 삶에서 장소가 되었던 모든 곳들이, 조금 달리한 시간의 외투를 입고 어떤 순간을 예고하며 우리를 찾아온다. 그의 시에 주관적인 시간은 없다. 기대와 환상이 빠져나간 현실 그대로의 시간, 크게 부풀려지거나 일시에 가라앉거나 하지 않는 저 삶이, 기품을 잃지 않고, 조금 위로 부상하거나 조금 내려앉을 뿐이다. 그의 시가 갖고 있는 명랑성은 바로 이 움직임에서 나오며, 이 명랑성 안에는 우수로 묶인, 가지런하거나 단순화한, 그래서 매우 개성적인, 시적 질서가 자리한다.

　　슬픈 건 내 마음

　　고양이를 봐도 슬프고 비둘기를 봐도 슬프다

　　가게들도 슬프고 학교도 슬프다

　　나는 슬픈 마음을 짓뭉개려 걸음을 빨리한다

　　쿵쿵 걷는다

　　가로수와 담벼락 그늘 아래로만 걷다가

　　그늘이 끊어지면

　　내 그림자를 내려다보며 걷는다

　　그림자도 슬프다

　　　　　　　　　　　　　　　—「그림자에 깃들어」부분

모든 것이 슬픔에 젖는다. 그러나 그는 비통함이나 비극으로 달려가지 않으며, 그런 일은 황인숙의 시에서 좀처럼 벌어지지 않는다. 황인숙의 시는 지성의 힘으로 우리가 결국 감성이라 부를 독특한 층위로 삶을 감싸고, 그렇게 해서 차라리, 일상의 신실함과 삶의 장면들이 포개어지며 울려내는 고결함을 체험하게 해주기 때문이다. 슬픔은 그 무엇도 덥석 손을 내밀어 붙잡지 않는 주체의 자격으로 삶을 살게 하며, 끝없이 걷고, 다시 걷다가 잠시 찾아오는 지연과 연속의 운동으로 삶을 영위하게 한다. 그리하여 모든 게 슬픔에 포섭된다. 슬픔은 삶에 악취의 구멍을 내고야 마는 항상 부재하는 윤리를 풀어놓지 않는다. 그런 일은 일어나지 않는다. 그저 다시 삶을 천천히 되돌아보게 만들 뿐이다. 황인숙의 시에서 치열한 각성으로 대표되는 정신적 유산이나 삶을 저만치 밀어둔 예술적 열정은 그리하여 재빨리 기화하거나, 삶에, 삶의 슬픔에, 슬픔의 그림자에 그 자리를 내준다. 그러니까, 황인숙에게는 예술이 중요한 것이 아니다. 그는 사실, 시의 중요성이나 고유성도 신봉하는 것 같지 않다. "내 그림자를 내려다보며" 걸어가는 삶, 그리하여 오로지 생활 자체인 삶, 그러니까 삶 자체인 저 생활의 무늬들을 펼쳐내고, 자기 삶의 테두리에서 출발하여, 삶이 게워낸 것들을 다독이고 돌보며, 고유한 일상의 영역을 확보하고 제시하는 일을 할 뿐이다.

문득 고요히
빛과 어둠이 멈추는
황색 시간
문득 텅 빈
산길 아래 집들과 골목
행인 두엇도
말쑥한 그림자처럼

——「황색 시간」 부분

믿음이나 원대한 희망 같은 것을 이야기하기 전에, 그는 너른 대통 같은 삶에서 찾아드는 순간들, 가령 "빛과 어둠이 멈추는/황색 시간"의 "텅 빈" 곳과, 그곳을 지나는 "행인 두엇"의 "말쑥한 그림자", "가로등/착실히 켜져" 돋우어내는 "그림자"(「삶의 궤도 1」)를, 그 개성적인 흔적들을 "그림자 없는 흰 종이들"(「선방(善防) 1」) 위에 기록하고, 활력을 부여한다. 황인숙은 감정의 드라마를 꿈꾸지 않는다. 그의 시에서 우수와 슬픔은 감각에서 우러나는 단단하고 고요한 허밍이나 새로운 가사로 사실주의적 삶의 곡조를 실천하면서, 정지의 영역에 모든 것을 잠시 붙잡아놓고, 거기에 삶을 번져낸다.

나는 지금

알 수 없는 영역에 있다

[……]

부팅이 되지 않는다

풍경이 없다

소리도 없다

전혀 틈이 없는

알 수 없는 영역을

내 몸이 부풀며 채운다

——「우울」부분

이 시간은 무엇인가? 그것은 노동하는 시간, 근면의 시
간, 현대사회를 대표하는 선적(線的) 시간이 아니다. 정지
의 시간, 권태의 시간, 멜랑콜리의 시간이라면 차라리 모
를까. 알 수 없는 영역에 자기 존재를 붙잡아두는 일은 황
인숙의 시에서 시간에 대한 인식을 전혀 "알 수 없는 영
역"으로 끌고 가, 현실을 조금씩 바꾸어나간다. 황인숙은
삶의 순간과 순간에 부딪히는 저 "칼로 베인 듯 쓰라린
마음"을 패배의 말로, 그 아픔을 드러내어 만개하듯 부풀
어 오른 슬픔으로 담아내는 것이 아니라, "그에겐 주어지
지 않고 내게는 주어진 시간"(「마음의 황지」)에 발을 디디

며, 살짝살짝, 흔적을 찍어나가며, 슬픔의 그림자를 남기
듯, 잠시 확인하듯 지나가는 것이다. 그렇게 그는 자주 진
다. 아니, 매번 진다. 그리고 그 마음을 "이토록 내가 비루
해졌다"고 적는다. 그러나 패배가 아니다. 동일화의 감정
으로 죽음을 소비하지 않으려는, 애도의 경제적 발화는
그의 시에서 우울한 자가 누리는 특권은 아닐까. "영원히
젊은 얼굴"은 그러니까 죽음일 것이다. 죽음의 상태를 그
는 지금-여기에서 이렇게 살고 있다. 황인숙은 거창한 허
무나 비어 있음을 말하는 대신, 정지의 시간을 환기하고,
"전혀 틈이 없는/알 수 없는 영역"을 인식하는 죽음 – 삶,
삶 – 죽음에다가 그러한 시간의 자리를 마련하며, 정확히
그곳에 있고, 또 머물며, "마주 서 한없이 되비추는 거울
처럼", "달처럼, 우울하게"(「달아 달아 밝은 달아」), 그곳
에서 너른 바깥을, 바쁜 주위를, 하염없이 지나가는 행인
들을 주시하는 일에서 자기 시의 자리를 확보한다.

명랑과 우수는 하나

　우울은 그리하여 도처에, 몸 구석구석에서 숨을 내쉬
기 시작한다. 물론 순간의 일이다. 그리고 삶의 일이다.
또한 삶의 저 순간과 순간을 덧대며 살아가는 일이다. 앞
단락에 인용한 시를 마저 읽는다.

간이, 부풀어, 오른다, 찌뿌둥,
달처럼, 우울하게,

달아, 사실은 너,
우울한 간 아니지?

——「달아 달아 밝은 달아」 부분

도처가 우수의 대지이자, 우수의 소산이자, 우수의 스
펀지와 같은 곳, 우울의 신체 기관이다. 그런데 이 대칭형
의 비유에서 대상이 된 저 "달"에게 툭 던지는 말, 그러니
까 짐작 반, 확인 반의 저 물음은 무엇인가? 명랑의 맥박
이 여기서 숨통을 틔운다. 모든 것이 걸음의 소산이며, 일
상의 몫, 삶의 여백이 뿜어내는 힘이다. 황인숙에게 명랑
과 우수는 좋은 짝이다.

줄창 쏟아지던 비가 걷히고
햇빛 난다
습한 대기 속에서
배를 맞댄 두 그루 나무
한 몸으로 어우러져 가지를 뻗었다
(아니, 엑스 자로 벌어진 두 다리를
다소곳이 모은 한 그루 나무일까?)

168

그 옆을 사람이 지나간다
서로 조금 떨어진 두 사람
어디서 오는 걸까
어디로 가는 걸까
땅 위에 창창 사람의 걸음
공중엔 울울 나무의 걸음
벌판 가득 발걸음들

———「걸음의 패턴」 전문

걸음의 리듬, 일보를 내딛는 이 리듬은 어딘가 좀 이상
하다. "창창"하고 "울울"한 저 교차의 리듬에서 명랑과
우수가 뿜어져 나오지만, 정작 이 둘은 서로 다른 것이 아
니다. 사람들이 걸어간다. 나는 관찰자, 우수에 가득 찬
시선의 주인이다. 나는 없다. 사람들이 "창창" 간다. 이 우
수의 시선은 동시적 시선이기도 하다. 사람들이 걸어가
면, 나무는 뒤로 물러난다. 그리하여 나무도 걷는다. 둘
다 걸음이기는 매한가지이다. 나무는 "울울" 간다. 나는
여전히 없다. 주시하는 우울의 시선이 있을 뿐이다. 이 교
체의 풍경이 서로 엇갈려 대조를 이루고, 이 대조는 시에
서 조화로운 리듬의 게토가 된다. 읽는 사람의 마음을 조
금씩 흔들어 야릇하게 움직이는 이 대조의 리듬으로 세
계의 풍경들이 지나가고 있다. 자주 엇갈리고 있다. 눈여
겨볼 것은 황인숙이 사람만을 주시하지 않는다는 사실이

다. 왜냐하면 그는 숨어 있는 눈, 고양이의 눈으로, 간혹
나—고양이의 시선으로 어딘가를 보기 때문이다. 이런
관찰자의 태도는 그의 시가 감상으로 빠지는 것을 방지
하고, 걸음의 질서 안에 명랑성을 끌어안는 근본적인 원
인이기도 하다. 백지 위에서 불쑥 부조(浮彫)처럼 조금 돋
아난 눈, 밖에서 안으로 앵글을 고정시킨 공공연한 시선
으로는 명랑성을 이끌어내지도 담아내지도 못한다.

> 상대의 성향과 확률을 숙고해서
> 가위를 낼지 바위를 낼지
> 보를 낼지 결정하는 승부사도
> "하늘에서, 내려오는, 천사가, 요거 내래!"
> 가락 맞춰 외치다 보면
> 얼결에 손을 내게 된다
>
> 흥겨워라,
> 운명의 힘
>
> ─「운명의 힘」 전문

　삶에서 우연을 배제할 수 없다. 그러하다는 것은 누구
도 존재의 이유를 비롯해 산재해 있는 수많은 물음들에
대한 답이나 해결책을 미리 알 수 없는 세계에 살고 있다
는 말이면서, 어떤 사실에 대한 가치판단보다 그것의 추

이와 태도와 맥락과 상황이 좀더 중요한 무게를 지니고 있다는 사실과 연관이 있다. 우리는 모두 "얼결에 손을 내게" 되는 주체이며, 단지 "가락 맞춰 외치다"가 잠시 제 손가락의 펴고 접음을 어떤 찰나의 결정에 의탁하는 존재이기 때문이다. 황인숙은 이를 "운명의 힘"이라고 표현했지만, 여기서 (시선의) 무게는 오히려 '흥겹다'는 말에 실린다. 이 '흥겨움'은 무엇인가? 신난다? 기쁘다? 꼭 그렇다고 말할 수는 없다. '흥겨움'은 삶에서 옳고 그름을 판단하는 기준이 미리 결정되어 있지 않다는 사실에 자그마한 지지를 보낸다. 그러니 '흥겨움'은 우연에 의한 결정을 일상에서 확인하게 될 때, 그럴 때 비로소 찾아오는 어떤 시원한 느낌이라고 해도 좋겠다. 황인숙의 시에서 명랑성은 이렇게 생겨난다. 그의 시에서는 비유나 은유, 상징이 물러난 자리에, 현실에 리듬을 부여하는 명랑이나 현실에 조금 젖어들게 하는 우수의 생생한 발화들이 들어찬다.

> 샹송 구슬들이 떼구르르 구르는군요
> 그 골목을 탈탈탈탈 작은 손수레
> 불을 켜야 하는 눈빛으로
> 할머니가 지나갑니다
>
> ──「토요일 밤의 희망곡」 부분

마지막 개체로 남아 수만 날을

혼자 산다는 건 어떤 것일까요?

너무 커다란 외로움은

외롭지 않은 것이기를!

　　　　　　　　　　　　　　　　—「론리 조지」부분

　"골목을 탈탈탈탈 작은 손수레"처럼, 저 생(生)이 흘려
내는 소리를 들으며 희망은 한 장의 "로또" 위에 살며시
앉아 있다. 여간해선 당첨될 일이 없는 현실 위로, 소비하
는 주체의 시간이, 우수와 명랑의 시간이, 이 세계의 견고
한 질서와는 사뭇 다르게 흘러가고 있다. "로또 같은 건
벌써 잊어버렸습니다/매번 있는 일인걸요"라고 그는 말
한다. 오로지 이와 같은 "구도"를 갖고 있는 "토요일 밤의
희망곡"은 그러니 무엇인가? "너무나 커다란 외로움은/
외롭지 않은 것이기를!"의 저 느낌표는 왜 독특한 경쾌
함을 뿜어내는가. 구두점으로 지탱되는 저 낙관과 권고
의 경쾌한 어조는 체념이나 달관의 표식이 아니라, 오히
려 명랑의 표지라고 해야 한다. 명랑은 어느 한쪽으로 기
울어진 상태에서 산출되지 않는다. 황인숙에게 명랑성은
삶에 대한 태도와 관련된 소중한 시적 – 지적 – 감각적 자
산이며, 간혹 말의 유희라는 형태를 취해, 삶에 자그마한
위로의 힘을 불어넣고, 소소한 평안을 만들어내고, 조금
상승하거나 조금 가라앉는, 그러나 절제된 단단한 말들

로, 기품을 상실하지 않는 발화로, 삶에 대한(삶에) 감정
을 새겨 넣는다.

회화-시는 톡톡톡

황인숙의 시에서, 명랑성은 삶에 관한 태도 자체이며,
그것은 내면의 자연적 성질을 최대한 제거한, 그렇게 감
상이나 판단의 물기를 뺀 '댄디'의 일면이기도 하다. 명
랑성은 삶에서 좌절과 희망의 대립적 한계를 모르게 하
거나 최소한 부정하는 주체라고 해야 한다. 그러니까 명
랑성은 자연적인 것이 모이고, 잠시 고이고, 그렇게 잔뜩
머금은 상태의 감정들이 두런두런 이야기를 나누고 있는
과잉의 정류장에 함부로 자신을 의탁하지 않는다. 명랑
성은 그리하여 시적 기교나 추상적 관념, 격렬한 비탄이
나 제어되지 않은 감상 따위를 백지 밖으로 밀어낸다. 또
한 명랑성은 자주 '회화conversation-시'의 특성과 맞물
려 황인숙 시의 고유성으로 자리 잡는다. 회화-시?

나는 왜 항상
늙은 기분으로 살았을까
마흔에도 그랬고 서른에도 그랬다
그게 내가 살아본

가장 많은 나이라서

지금은, 내가 살아갈
가장 적은 나이
이런 생각, 노년의 몰약 아님
간명한 이치

내 척추는 아주 곧고
생각 또한 그렇다 (아마도)

앞으로!
앞으로!
앞으로, 앞으로!

　　　　　　　　　　　　　—「송년회」부분

"늙은 기분으로 살았"기에, 그러했기에, 역설적으로 그
는 늘 젊은 시인이었으며, 젊을 수 있었을 것이다. 정지된
시간으로의 저 충일한 몰입과, 몰입을 어떤 '태도'로 자기
화하면서 갖춰낸, 단아하고 냉정한, 그러나 오히려, 아니
그렇기에 '따뜻함'이라고 말할 수 있는 울림은, 그러니까
우수가 준 시선이며 명랑이 달아준 입이다. "항상/늙은
기분으로" 살았기에, 그는 일상에서 정지된 시간을 만들
어내고, 삶을 더 세세히 들여다볼 수 있었을 것이며, 생활

의 고유한 지형도를 그려내고, 그 지형도 위에, 명랑과 우수의 동선을 하나로 새겨놓을 수 있었을 것이다. 마지막 세 문장이, 어린아이들의 동요에서 가져온 것이라고 본다면, 황인숙은 어쩌면 시간의 구분을 배제하고 한 순간에 세 가지 시제[늙음(미래) – 어림(과거) – 지금(현재)]를 붙들어놓는 망각의 힘으로, 삶의 평면을 힘껏 닦아내고, 눈앞을 주시하며, 또다시 걸어가는, 그와 같은 현실의 시를 자신만의 방식으로 선보일 수 있는 것이리라. 여기서 괄호로 처리된 "(아마도)"에 관한 언급도 아끼기 어렵다. 종종 괄호 안에서 숨을 내쉬고 있는 문장들, 그러니까 '자신이 자신에게 건네는' 말들은 황인숙의 시에서, 의문이나 여지, 긍정이나 추측, 이 모두를 포괄하며, 자신의 사고와 느낌에 의문의 여지를 두고, 그 상태를 보존하면서, 긍정과 추측도 시에 결부시켜, 조금 끌어올린 감정의 상태를 적시하거나 화자를 모종의 태도 안에 잠시 붙잡아놓는 역할을 한다.

무슨 일이지?
무슨 일이긴 무슨 일
열쇠를 안 갖고 가서
마스터키를 빌린 것
그리고 실수로 옆 사물함을 연 것
다른 사람 사물함이 무방비로

스르륵 열린 것

실례했습니다!

나는 얼른 그 사물함을 잠갔다

두근두근

마스터키를 빌렸을 땐 조심해야 한다

지갑이건 젖은 옷가지건 쓰레기건

가정생활이건 戀事건 범죄건

뜻하지 않게 남의 방을

열어보게 될 수 있다

그래서 대개 마스터들이

냉담하고 권태로운 얼굴을 하고 있는 것

—「마스터」 부분

    각각의 문장은 어떤 층위에서 작동하고 있는가? "무슨 일이지?"라고 내가 묻는다. 이후 "무슨 일이긴 무슨 일"에서 "스스륵 열린 것"까지의 발화가, 실상 앞의 자문을 향하는 대답이라고 보면, 그것은 다른 층위의 화자가 하는 말이며, 그러나 한편, 시인이 (속으로) 한 말이기도 하다. "실례했습니다!"에서 발화의 층위는 한 번 더 바뀐다. 물론 화자는 여전히 '나'다. 자기가 자기에게 나눔을 청하는 이 어법은, 대화라기보다 삶의 표층에서 날것으로 전개된, 자신과 자신이 나누는 '회화'에 좀더 가까워 보인다. 이러한 시적 발화는 그러나 "두근두근"에 이르러, 여태껏 전개되어왔던 두 가지 층위를 단박에 무너뜨린다. 명랑이 주관성의 시적 표식으로 살며시 돋아나는 지점은 바로 여기다. 이 '명랑'은 이제 오롯이 화자의 것이 아니며, 단일한 '화자 – 발화 – 해석 – 이해'의 수준에 시를 묶어놓지도 않는다. 오히려 이와 같은 회화-시 고유의 특성은 황인숙이 일상에서 하는 말투와 어법을 날것 그대로 시에 개입시킴으로써, 삶과 시의 경계를 허물고, 시적 화자와 실제 화자 사이의 구분을 없애는 데 일조하는 것으로 보인다. 중요한 것은, 바로 이렇게, 황인숙은 예술이나 시가 아니라, 삶, 그러니까 오로지 삶이 시가 되고, 시가 삶이 되는 기록을 보여준다는 사실이다.

화장실 전구가 나간 지 오랜데
나도 모르게 번번이
스위치에 손이 간다
딸깍,
스위치를 누른 뒤에도 걷히지 않는 어둠에
한 대 맞은 듯
딸꾹, 거리는 대신
킬킬 웃는다
어쩌면 이렇게 자동적으로
스위치를 누르게 되냐

전구 나간 거 빤히 알면서

귀갓길엔 또 번번이

전구 사오는 걸 잊어버리냐

델, 델, 델, 델, 델, 델, 델

—「근황」 부분

황인숙의 회화-시는 시와 삶을 가르는 경계를 '실제'
로 없애고, 시의 주인을 차라리 삶으로 만들며, 그러한 방
식으로 명랑과 우수의 연대를 도모하며, 고유한 목소리
를 울려낸다. 그리하여, 내면으로 들어간 말들이 생생하
게 표면으로 드러나는가 하면, 드러난 말들이 속으로 숨
기도 한다. 가령 "어쩌면 이렇게 자동적으로/스위치를 누
르게 되냐"는, 내가 나 자신에게 어떤 반응을 기대고 전
개한 평범한 대화가 아니라, 내 감정을 '회화'의 말투에
기대어 내려놓는 동시에 그러한 사실 자체를 날것으로
담아내는 독특한 기록인 것이다. 「삶의 궤도 2」나 「중력
의 햇살」「이렇게 가는 세월」과 「아침의 산책」과 같은 작
품에서 목격되는 것처럼, 황인숙의 시에서 말은, 타인이
발화의 주체일 때도 마찬가지로, 가치판단이 들어설 자
리가 방지되거나, 표면으로 불쑥 과장되어 튀어나오지
않는데, 이 또한 그의 시가 회화-시의 형식을 취하고 있
기 때문이기도 하다. 황인숙의 시는 바로 이러한 방식으
로 단아해서 아름답고, 정확해서 깔끔하고, 절제해서 고

요해지는 삶을 우리에게 펼쳐놓으며, 단순성의 미학의
극치를 보여준다.

타자들로 삶을 조금씩

삶을 표면으로 살짝 들어 올리고, 어느새 삶을 조금 가
라앉히는, 오로지 그러한 방식으로 삶과 시를 가장 밀착
시키는 저 고유한 말, 타자를 향한 고백도 비판도 아닌 말,
삶에 몸을 내주는 말, 삶을 둘러싸고 있는 관념이나 추상
의 갑옷을 뚫어 작은 구멍을 내게 하는 말, 그렇게 백지를
찢어버리고, 그 구멍으로 삼투하여, 결국 삶과 하나가 되
게 하는, 더러 기이한 느낌을 자아내는 말로 황인숙은 회
화-시 고유의 특수함을 자기 것으로 만든다. 회화-시의
이러한 특성은 황인숙 시의 미학을 잘 보여주는 '타자화'
하는 문법과 오롯이 연관된다.

백 칠, 백 육, 백 오, 백 사
백팔계단 털벙털벙 내려간다
백 삼, 백 이, 백 일, 백
쿵짝, 쿵짝, 쿵짜작, 쿵짝
느닷없는 반주 소리에
내 무릎 무르춤하다

산 밑 허름한 동네 백팔계단

맨 아래 분홍빛

노래방 간판 비에 젖는다

가출 중학생들 길고양이들 숨어들음직

후미진 지하실에서

마흔 넘은 여자의 노랫소리 들려온다

쿵짝, 쿵짝, 쿵짜작, 쿵짝

살짝 비애스럽고 살짝 환멸스런

쿵짝, 쿵짝, 쿵짜작, 쿵짝

음악과 악다구니 사이에서 째지는 목소리의 동네아주머

니시여

선율 없는 반주에 맞춰 당신은 몸을 흔들까

당신의 입술은 웃을까, 눈은 헤맬까

노래방 건너에 〈한 마리 팔천 원〉 '후라이드치킨'집

막 돌아온 심야 배달 오토바이

구성진 비에 젖는다

—「봄밤」전문

　작품에서 비에 젖은 풍경은 정확히 '비'의 질량만큼 감
정으로 풀려나와, 사실적 묘사를 통째로 휘어 감을 뿐이
다. 황인숙은 그대로 놔두거나 놓아두는 일에 전념한다.
그의 시는 항상 그러했다. 전체를 살며시 쥔 다음, 다시
놓고 그러기를 반복하며, 그는 우수로 삶을 서서히 감싸

나간다. 이런 물음이 생긴다. 비에 젖어 촉촉해진 저 감정을 시에 입히는 주체는 여기서 누구, 혹은 무엇인가? 바라보는 시인의 주관이 아니라, 펼쳐진 한 폭의 풍경처럼 시에서 나열되고 있는 인물들과 그들의 단순한 행동이 바로 비에 젖은 감정을 세상에 표현해내는 주체라는 사실을 눈여겨볼 필요가 있다. 황인숙은 어떤 경우라도, 제 마음자락을 과하게 투여하거나 방심하여 펼쳐냄으로써 아주 사소하나마 현실을 다른 곳으로 옮겨 놓을 여지를 주지 않는다. 시의 중간쯤 등장하는 "노래방 간판 비에 젖는다"라는 문장을 보자. 우리는 방금 이 문장을 읽었다. 풍경을 떠올려보자. 그런 다음, 계속 읽어나가자. 우리는 이제 마지막 시행 "구성진 비에 젖는다"라는 문장을 만났다. 독서도 끝났다. 다시 묻자. 마지막 문장에서 '주관적 감정'을 표현하는 "구성진"의 주어는 누구인가? "구성진"은 황인숙의 판단이나 의도에 힘입어 "비에 젖는다"를 수식하는가? "막 돌아온 심야 배달 오토바이"와 함께 읽어보자. "구성진"은 배달을 마치고 돌아온 사람을 보면서 느낀 시인의 감정을 표현하는 게 아니라, 시인과 이 배달을 마치고 돌아온 사람이 함께 공유하는 감정을 나타낸다. "구성진 비에 젖는다"는 문장은 대상을 주어로 삼으며, 대상이 그렇게, 다시 말해, 비 오는 풍경 전반을 '구성지게' 만들어놓은 것이다. "음악과 악다구니 사이에서 째지는 목소리의 동네 아주머니"와 "막 돌아온 심야 배달 오토바이"가 "구성진"의 주어, 그러니까 비 오는 풍경에 감정을 입히는 실질적인 주체인 것이다. 시인은 이렇게 타자에게 힘입어 자신의 감정을, 아니, 시의 감정 자체를 없는 듯 있는 듯 표현한다. 그런데 우리는 대관절 왜 이런 사실을 이야기하고 있나?

황인숙에게 우수와 명랑은 시에 등장하는 대상이나 사물, 풍경이나 타자를 통해서 제 고유한 목소리를 갖는다. 이렇게 황인숙의 시에서 감정을 드러내는 언술들은 항상 타자들에게 고삐가 잡혀 있다. 감정의 배제나 절제를 위해, 그러나 그는 단순한 묘사의 길을 선택하지도 않는다. 대상이 항상 기술의 주인이며, 그는 대상의 추이와 행위를 기록하면서, 간혹 '나'도 살짝 드러낸다. 이렇게 "유난히 붕 떠 있는 하오의 햇살"(「파동」)은 화자가 마주한 사태이지만, 분명 "오직 먹을 것에 정신이 팔려" 있는 비둘기에 기대어 제 감정을 조금 내비치며, 아예 비둘기의 것이라고 봐도 무방한 상태를 시에 안착시킨다. 황인숙의 시를 '이타성의 시'라고 부를 수 있는 이유가 여기에 있다.

> 소형 트럭도 개인택시도 제자리에 돌아와 있다
> 인적 끊긴 골목
> 기특하게도 드물게나 자리를 비우는
> 군청색 스포티지 뒤에 쪼그려 앉으면

차 밑에서 밥을 재촉하는 고양이
쉬잇! 속삭이며 내 귀는 자라고

어디선가 똑, 똑,
똑, 똑, 똑,
귀 익지만 지금에는 어울리지 않는 소리 잡힌다
자욱한 어둠 너머 저만치
보안등 불빛 아래 한 사람 등 고부리고
손톱을 깎고 있다

그이는 거기 공용 주택
어딘가에 사는 사람
자주 마주치나 한 번도 서로
눈을 마주치지 않은 사람
주차장 출입구에 의자를 놓고 흐릿하게 앉았거나
손녀 것 같은 분홍색 자전거를 타고
그늘진 골목을 왔다 갔다 하던 사람
이윽고 그 사람 골똘한 자세로
발톱을 깎는다

그 사람 보안등 불빛 아래서 손톱을 깎고 발톱을 깎는다
나는 그 소리를 듣는다, 숨죽인 어둠 속에서

가가호호 잠꼬대처럼

손톱이 자라고

발톱이 자라고

손톱이 자라고

발톱이 자라고

—「골목의 두 그림자」 전문

　삶의 풍경은 오로지 고양이가 되어서야 볼 수 있는 앵글에 비추어 기록된다. 그는 완벽하게 고양이의 눈, 고양이와 자신을 분리하지 않은 상태의 관찰자가 된다. 가난한 동네의 사람들, 지극히 평범한 일상의 풍경, 사람 사는 곳에서 일어나는 아주 평범하고 세세한 일들, 그들의 습관들, 행동들, 몇몇의 소사들이 어둠 속에서 초점을 맞춘 몇 장의 사진처럼, 어둠 속에서 고양이 – 화자의 앵글이 포착한 순간의 스냅사진처럼, 마치 크로키처럼, 백지 위로 정확히 새겨진다. 제목이 "두 그림자"인 이유가 바로 여기에 있다. 두 그림자는 그러나 서로 다르지 않다. 자기 정체를 드러내지 않고 조용히 관찰하는 그림자 하나는 물론 시인이다. 차가 어디론가 떠나지 않아야만 고양이는 제 그릇을 비울 수 있다. 시인은 "군청색 스포티지 뒤에 쪼그려 앉"아 비어 있는 그릇을 채운다. 황인숙이 고양이의 먹이 그릇을 놓은 곳은 차 아래, 어두운 곳이기 때문이다. 이 시에서 관찰자의 위치는 바로 여기다. 그의 시선은 정확히 고양이의 그것과 하나로 포개진다. "쉬잇! 속삭이며 내 귀는 자라고"는 고양이랑 나와의 저 일치의 시작을 알리는 신호나 다름없다. "숨죽인 어둠 속에서"의 저 "숨죽인"의 주어 역시, 이렇게 나 – 고양이다. 손톱을 깎고 발톱을 깎는, "공용 주택/어딘가에 사는 사람", "자주 마주치나 한 번도 서로/눈을 마주치지 않은 사람"이 볼 수 없는 곳, 보지 않는 곳, 보이지 않는 곳에서 드리운 시선, 그러니까 그림자는 두 개이지만, 고양이 – 시인의 시선, 즉 한 시선에 포착된다.

아무도 없는 곳, 어두컴컴한 곳에서 고양이와 일치한 시선은, 한낮의 시선, 자아의 시선, 정체성의 시선이 아니다. 그러나 그것은 감정이입도 아니다. 그것은 결코 이입하거나 오롯이 삼투하지 않는, 그럴 수 없다고 말하는 거리의 시선이다. 평범한 일상의 소리에서 읽히기 시작하는 삶의 풍경, 우리의 안온한 시간도 이 시선으로 조금 다르게 조명된다. 그렇게 시인은 사적이고 은밀한 공간으로 들어간다. 바로 이 사적이고 은밀한 공간이, 우리의 삶이 손톱처럼, 발톱처럼 자라나는 현장을 주시하며 시선도 따라 사적이고 은밀해진다. 이 시선은 황인숙 시에서 일관되게 유지되는 도시의 시선이지만, 항상 이타적인 시선, 고양이 – 나의 시선이다. 고양이 – 나의 시선으로 타자를 바라보는, 그렇게 있는 그대로 드러내면서, 나의 주관이 개입할 수 없는 골똘한 시간이, 단아하고 정갈한 방식으로, 우리에게 찾아온다. 고양이와 하나가 되어 삶을 이렇게 주시할 눈과 삶의 소리를 들을 귀가 생겨난 것이리라. 고양이와 나, 저 '골목의 그림자 두 개'는 따라서 손톱이 자라는 시간, 가가호호의 시간, 지하실에서 죽어가는 생명의 시간, 시들어가는, 삶의, 타자들의 시간을, 시에서 살게 한다. "어디선가 똑, 똑,/똑, 똑, 똑,"은 대저 무엇인가? 내가 열어줄 수도 없고, 내가 두드리는 것도 아닌, 그러나 반드시 그렇다고만은 말할 수도 없는, 이 소리는 무엇인가? 그는 이 노크, 이 타자의 소리, 타자의 신호를 듣고 적고 기록한다. 대답할 것인가? 열려고 할 것인가? 그러지 않을 것이다. 이 우수의 의성어, 우수의 노크, 적막을 살며시 깨는 이 세 마디의 분절음에서 무엇이 흘러나오고 또 무엇이 들려오는가.

이제 그만 아파도 될까
그만 두려워도 될까
눈물 흘린 만큼만 웃어봐도 될까
(양달 그리운 시간)

삶이란 원래
슬픔과 고뇌로 가득 찬 거야
그걸 알아챈 이후와 이전이 있을 뿐
(양달 그리운 시간)

우리 모두 얼마나
연약하고 슬픈 존재인가
(양달 그리운 시간)

한겨울에 버려진 고양이에
그 고양이를 품어 안고
저희 사는 모자원에 숨어드는 어린 남매에
그리고 타블로 氏에
콩닥콩닥 뛰는
모든 가슴에

따뜻하고 노란 햇빛
졸졸졸 쏟아져라
조리개로 살뜰하게 뿌리듯
중력의 햇살 나려라

—「중력의 햇살」전문

　　고양이는 동네에 주차해놓은 트럭이나 자동차 아래의
컴컴한 곳으로 먹이를 먹으러 살며시 모습을 드러낸다.
"(양달 그리운 시간)"으로 마감된 앞의 세 연은 고양이 –
시인이 화자라고 봐야 한다. 회화–시의 형식을 취한 "(양
달 그리운 시간)"은 단지 시인의 것이 아니다. 정확히 그

것은 고양이 – 시인의 바람이다. 황인숙에게 고양이는 대
상이 아니다. 그에게 고양이는 매혹이나 아름다움을 지
닌 대상도, 교묘함이나 천의 감각을 품고 있는 원천도 아
니다. 왜냐하면 고양이는 그에게 타자가 아니기 때문이
다. 황인숙이 하루도 거르지 않고, 고양이에게 먹이를 주
기 위해 집을 나서는 이유는 고양이를 '돌보기' 위함이 아
니다. 그것은 누가 누구에게 베푸는 행위가 아닌 것처럼
보인다. 그는 고양이를 대상화 – 타자화하지 않기 때문일
것이다. 성스러움이나 신비감으로 고양이를 대하는 것도
아니다. 황인숙이 고양이를 유달리 '좋아한다'고 말할 수
도 없다. '좋아한다'가 벌써 타자를 향한 감정이기 때문이
다. 그는, 인간과 함께 삶을 살 권리를 갖고 있음에도, 학
대와 괴롭힘을 당하는 이 불쌍한 동물을 그저 돌보는 것
이 아니다. 연민을 쏟아내는 것이 아니라 오히려 함께 사
는 것 같다. 아니 함께 삶을 영위하는 것 같다. 그는 고양
이 밥을 준다고 기술하지 않는다. 그것을 "돌리러 집을
나섰다"고 매번 적고 있다. "내가 내다보는 줄 알았는데/
들여다보고 있었네"(「고양이가 있는 풍경 사진」)라고 말
한다. 내가 고양이를 바라보는 줄 알았는데, 고양이가 나
를 들여다보았다는 것일 테고 주어인 '고양이'마저도 생
략하여 표현했다. 이와 같은 말의 사용은 시인의 '태도'를
말해준다. 학대당하고 병들어 쓰러지는, "비참의 냄새 진
동"하는 저 도시의 죽어가는 고양이들이, 밥그릇을 두고

벌이는 악다구니 같은 싸움은 이미 인간의 것과 다르지
않다. "더 이상 두려울 게 없"(「슬픈 권력」)는 매우 사나워
진 고양이가 부리는 악다구니를 그는 이렇게 말한다. 황
인숙이 삶에 대해, 타자에 대해 갖고 있는 태도 역시 이와
같다고 해야 한다.

압구정동 구현대아파트 74동 지하실
고물거리던 작은 털복숭이들이 사체가 돼 뒹군다
당신들 영혼의 지하실
그 위에서 당신들은
잘 먹고 잘 싸고 잘 자고
사돈이 될 가족을 맞는다

　　　　　　　　　　　　　—「당신의 지하실」 부분

가장 따뜻한 데를
추위도 안 타는 시계가 차지하고 있다
그 옆에 기억을 빨아들이는 진공청소기
비쩍 마르고 오들오들 떠는 것들을
어두운 구석으로 몰아넣는다
열정이니 고양감이니 사랑이니 우정이니
시니 음악이니 존재니
행복감이니 다행감이니

심장이 찌그러진다
찌그러져라, 참혹하게 찌그러져
터져버려라
연식 오랜 시계여
진공청소기여
피도 눈물도, 눈도 코도 귀도,
아무 감각도 없는 것이여

　　　　　　　　　　　　　—「고통」 부분

　생명에 가하는 폭력은 일상적인 얼굴을 하고 있다. 인
간이 비인간의 형상을 띨 때조차 지극히 일상적인 표정
을 갖는다. 모든 것이 인간에게는 안전하다. 이 안전한 일
상은 생명을 갖고 있으나 다만 인간이 아닌 존재들에 비
추어지고 조용히 폭로된다. 생명을 배려하거나 공존하는
일에 인간은 관심이 없다. 아무 의심도 없이 사물을 고정
시켜놓은 자리는 누군가의, 어떤 생명의 체온을 강탈한
자리일 수도 있다. 시선을 투사하되 투영되지 않고, 거리
를 두고 거리를 존중하고, 그는 항상 한 걸음 뒤에 서 있
다. 거리의 존재들을 본다. 그는 가령, 그 누구도, 그 어떤
거리의 존재들도, 노숙자도, 위로하지 않는다. 그런 이유
로 이들을 주목하는 것이 아니다. 「숙자 이야기 1」과 「숙
자 이야기 2」에서처럼, 그는 노숙자와 함께, 삶에 자신이
존재한다는 사실을 확인하고, 노숙자라는 존재, 그가 있

는 자리, 그가 삶을 살아가는 모습, 바로 그 자체를 부정
하거나 판단하지 않는 시선으로 그를 보고, 최대한 예의
를 갖춘 감정으로 그들의 삶을 시에 담아낸다. 상대를 존
중하는 시선 속에서, 어리석은 충고나 부풀린 권고를 뒤
로 물리고, 인간임을 포기하지 않는 상태 자체를 보존하
는 일, 그것이 바로 황인숙의 시가 오로지 삶 자체인 이유
와 맞닿아 있다. 그렇게 황인숙은 삶의 의미를 잠시, 순간
적으로, 거리 위에서, 돌아보게 한다.

> 네 얼굴을 알아볼까 봐 두건을 쓰고
> 네 얼굴을 알아볼까 봐 역광 속에서
> 그림자처럼 스쳐 인파 너머로
> 넘어가는 너를 돌아보면서
> 네게도 내게도 낯선
> 거리를 돌아보면서
> 내 모든 고인(故人)들을 돌아보면서
>
> ──「일몰(日沒)」 전문

> 이루고, 무너지고, 복구하고
> 만들고, 먹고, 싸고, 또 만들고
> 허물어지고, 사라지고, 망각하고
> 다시 만들고, 먹고, 싸고

하루 햇빛이 일제히 돌아가느라

몰려 있는 하늘

—「서녘」전문

    지는 해가 사람의 뒷모습을 비추고 있다. 해는 살아 있
고 빛을 비추고, 그러나 우리는 모두 고인이다. 도시에
서 사람들은 모두 고인이 되어간다. "그림자처럼 스쳐 인
파 너머로" 넘어가는 사람에게 도시는 항상, 또 낯선 곳
일 뿐이다. 대도시의 낯섦은 고인을 돌아보게 하는 낯섦
이다. 우주의 별을 헤아리는 것처럼 알 수 없는 미래를 내
다보고 있는 것만 같은 삶은 그에게 없다. 황인숙 시에서
는 항상, 어떤 것들은, 있거나, 있다. '그대로 놓이거나 놓
인 채인 듯하다.' 어떤 것들은 그렇게, 그래도 살아간다.
그대로, 그저 있는 그대로, 살아가는 것 같다. 또 어떤 것
들은 조금 더, 이전에 비해 약간 더, 나빠지거나 밝아질
수도 있다. 나빠진 상태 그대로 깊어지고, 밝아질 상태 그
대로 밝아지는 것 같다. 또 어떤 것들은, 어느 날, 고약하
게 망가지기도 한다. 고약한 인상을 찌푸리기도 한다. 망
가지며 인상을 찌푸리는, 그런 상태에 놓여 있거나, 그 상
태 그대로 움직이고 있다. 가만히 있는 것들을 그대로 내
버려두겠다는 것은 체념이 아니다. 체념은 어떤 반작용
의 감정이지, 그것 자체로 체념인 경우는 없기 때문이다.
지리멸렬에 대항하는 것, 병든 모든 것들, 고양된 어떤 열

192

망의 상태, 현재를 미래로 이전하는 기투의 마음과 단절
하려는 사람들이 황인숙의 시에서 지금-여기의 삶을 기
록해나가는 모습을 우리는 읽고 보게 되는 것이다. 명랑
과 우수는 그러니까 무수히 반복되는 단 하나의 삶에 기
울인 귀이자, 발화하는 입이다. 고양이-시, 회화-시, 그
리고 이타성의 시. 황인숙의 시를 조금 더 깊이 읽으려 할
때 필요할지도 모를 세 가지 낱말.

이타성의 시, 거리의 성자

　우울은 삶에서 무언가가 훼손당하고 탈취당하고, 잃어
버린 상태에서 얻게 되는 것이 아니다. 우울의 상태, 우울
의 마음이 삶에서 훼손당하고 탈취당하고 잃어버린 상태
를 인지하고 그것들의 질서, 그것들의 상태, 그것들의 주
체를 재현하려 삶의 모든 풍경들과 일상의 모든 파편들
을 회복하기 위해, 그러니까 황인숙의 경우, 걸으면서 부
딪치고 체험하고 마주하게 된 모든 경험을 기록하는 것
이다. 아니다. 차라리 기록한다, 에서 우리는 문장을 마
감해야 할지도 모르겠다. 회복은 바람과 기대를 불러일
으키기 때문이다. 황인숙의 시에는 그가 한 번도 제 삶에
서 가져본 적이 없는 것들, 제 손아귀에 들어온 적이 없는
것들의 상실을 체현하며, 그 회복의 주체를 거리의 사람

들, 거리의 존재들, 거리의 고양이들에게 부여하거나, 그런 상태에서만 시로 기록을 남긴다. 이는 우울한 만보객의 시선이 아니라, 타자로 채워진 정체성, 그러니까 정확히 이타성에 관한 것이다. 자기-정체성이란 결국 타자들에 의한 역사, 그 삶이라는 사실을 황인숙만큼 잘 보여주는 시인은 없다.

반짝반짝 부서지는 재처럼
쏟아지는 햇빛 속으로
요일(曜日)에 사는 사람들이
일사불란 입장한다
나, 그저께쯤 화장하고
아직 씻지 못한 얼굴은 퇴장한다
입장과 퇴장이 한 방향이다
뚜벅뚜벅 또각또각
어쩌면 이리도 단단하고 분명한 존재들이냐!
왠지 고맙고 대견하고,
어찌나 싱그러운지, 알지도 못하는 그들에게
실례합니다!
로맨틱한 감정마저 솟구친다
정장을 하고 흰 장갑을 낀 기사 양반이
문 열어주기를 기다려야 제격일 듯한
뽀야니 하얗고 납작하니 꽤 기름한

리무진 같은 아침이다

아참,
시도 아니라고 생각해서 파기한
아침,

　　　　　　　　　　──「아침의 산책」 전문

　명랑, 아침과 아침 사이에 명랑의 리듬이 흐른다. 우수
와 명랑은 사실 다르지 않다. 끝없는 무게에 짓눌린 권태
와 권태 속에 파묻힌 우울은 황인숙의 몫이 아니다. 삶의
고통이 뒤엉키고 허우적거리며, 내지르는 아우성도 그의
몫이 아니다. 그 목소리는 단아하고 절제되어 있으며, 고
유한 리듬의 산물이 아니라면, 목청을 돋우지도 않는다.
자신이 표현하려는 감정이나 상태를 설명하려 하지 않는
그의 문법 역시 한몫한다. 우울은 물질의 이미지, 거리의
풍경에 차라리 덧입힌 채로 우리를 찾아온다. 암시적인
방법이 동원되는 것은 아닌데, 이는 황인숙의 시가 사실
적 묘사와 사실적 관찰, 사실에 토대를 둔 기술에서 조금
도, 단 한 발도 벗어나지 않기 때문이다. 고양이는 우울과
명랑을 투사하며, 우울과 명랑을 삶의 근원으로 환원한
하나의 상징처럼 보이지만, 그것이 현실에 발을 붙인 사
연들과 하나가 되어서만 우리에게 주어진다면, 이는 차
라리 이야기에서 분절해낸 장면처럼, 모종의 스냅 컷처

럼 여겨야 할지도 모른다.

낙산사 홍련암 마룻바닥
바다가 내려다보이던 구멍
불에 타 사라져버린
그 구멍이 종종 생각난다
홍련암 잿더미와 함께
바다로 낙하한 구멍
금물결 은물결로 반짝인다
기억의 수평선 저 너머에서
"닥터스 미스!
닥터스 미스!"
미국 드라마 「우주가족」의
말썽꾼 닥터 스미스를 찾아 외치는 소리가
금물결 은물결로 들려온다
주인공도
숱한 에피소드도 먼지처럼 다 가라앉고
구멍들만
금물결 은물결로
　　　　　　　　　　　　—「세월의 바다」 전문

　추억을 기술하는 방식에서 우수가 제 모습을 자주 회
복하는 것도 아니다. 추억과 과거는 황인숙의 시에서 현실에 난 구멍으로만 잠시 들여다본 이후, 시 안으로 차고 들어오기 때문인데, 이 방식 역시 컷과 컷을 붙여놓았다고 볼 수밖에 없는 형태 속에서 유지되어, 과거로 치우치거나 현재에 하중을 크게 싣지도 않는다. 균형 잡힌 리듬은 이 경우, 두 시제의 보완물과도 같아, 나란히 병치한 상태 그대로 두 시제의 일을 하나로 묶는 게 아니라, 서로가 서로에게 화답을 하는 방식으로 현실에 구멍을 내는 명랑의 순간들을 통해 열릴 뿐이다. 이 구멍에 기거하는 삶은 그리하여 다시 정신을 현실에 묶어두려 되돌아오는 형식을 취하고 있지만, 우리는 그의 경제적인 언어, 절제된 표현, 일체의 허식을 지워버린 기술, 단문의 구성, 간투사와 의성어의 적절한 배합, 회화의 어법, 지문과도 같은 독백의 배치를 통해, 한결 가벼워지면서 그 의미가 중층으로 조용히 번져나가는 시의 흐름에 몸을 내맡기게 되는 것이다.

얼마나 많은 추억들을 거느리고 살 것인가? 그러나 이 추억들은 현재가 아니라면, 아무 소용없는, 정제되거나 덧붙여지거나 상처가 되거나, 갑자기 정념으로 부풀어 오르거나, 갑자기 허공으로 사라지거나 하지 않고, 지금-여기의 지평 위로 조용히 붙들려, 조용히, 무언가를 고지하는 데 소용될 뿐이다. 우울과 명랑은 그 진폭이 크지 않되, 하여 매우 고유한 양상을 띠기 시작한다. 아주 조심스러우면서도 과감하고, 매우 소박하면서도 급진적인 시,

발화의 다발을 전혀 뿜어내지 않으면서도, 매우 복합적인 공간을 말로 만들어내는, 저 이중적인 리듬에 주목하지 않으면, 황인숙의 시는 조금 다르게 읽힐지도 모른다. 농도는 배가되지 않고, 환기력은 힘을 쓰지 않는다. 대신, 이 모든 것을 삼키고 남을 리듬, 저 삶의 리듬이 우리를 찾아와, 우리를 거리로, 그의 현실로, 그의 과거와 현재로, 그가 비워낸 저 공간으로, 지하에서 지상으로, 지상에서 지하로, 골목에서 다시 골목으로, 계단, 층계, 물에 젖은 저 포도 위로…… 그의 시는 가슴도 정신도 없는 시대를 살아가고 있는 지금-여기, 삶이 뿜어내는, 삶 속에서 숨 쉬고 있는 우수와 명랑의 타자들이다. ▨